此地與他方的回聲

之間

The Space Between

黃于洋

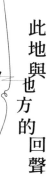

Recommended
Preface

推薦序

旅行中找到深藏的生命痕跡

范琪斐／資深媒體工作者

最棒的旅遊記行，從來都不是單純的紀錄。走在別人走過的路上，哪怕這條路已經被踏過千百遍，每個人的感受都不可能一樣。于洋的旅行方式更特別一點，她把旅行變成了日常，總是在不停地走，也總是在不停地問。

她的第一個故事就告訴我們，這本書可不是什麼悠閒的旅行見聞集。從戰爭、環保到志工，開篇就直接拋出問題：愛心與付出，究竟是與人為善，還是自以為是？我忍不住想笑，那些買了這本書、期待看到風景與美食的讀者，會怎麼想呢？

接下來的故事帶我們走遍敘利亞、以巴、北韓、丹麥，甚至深入亞馬遜叢林。說它是旅程，更像是一場場的提醒：不要把自己的成就建立在別人的苦難之上；批評別人的生活方式之前，試著用當地人的眼光去看看這個世界。

說真的，我完全認同。

這幾年，世界變得愈來愈陌生，朝著一個我不太舒服、更看不太懂的方向發展。很多人迷茫、難過，甚至生氣。但對于洋來說，這些情緒背後還藏著更多的故事。她從那些看似刺眼的社會現象出發，一層層挖下去，最後總能找到一些藏在深處的生命痕跡。

可是，當你理解了這些故事，從一個過客變成當地的居住者，真的能融入成為「自己人」嗎？還是說，大多數時候，像于洋在西奈半島那樣，想留下一起打漁揉麵、一起數太陽月亮，結果卻因為戰亂不得不匆匆離開？那些地方也許還算不上是「家」，但更重要的是，她心裡還有一些問題沒能找到答案。

于洋的旅程到了尾聲，卻拉開了一些更長的篇幅，聚焦在家族的重逢與重組，還有那些離開的人和被留下的人。當記憶的灰塵被拂去，舊時的酸甜苦辣再次浮現，過去的矛盾似乎也能隨著一笑泯恩仇。即使問題還未解開，但心裡的情緒終於有了出口。

她的旅程仍在繼續，但那種逃離的感覺已經淡去。過去那些束縛她的，現在反倒成了停泊的港口。燈塔的光照著她，也指引她前行。無論身在何處，只要內心安穩，都是故鄉。

Photo by Fabian Voith

Recommended
Preface

推薦序

給這個旅行盛世的備忘錄

許育華／作家、資深編輯

閱讀《之間：此地與他方的回聲》期間，多數時候我在過去東柏林的Prenzlauerberg區的咖啡館裡，一篇一篇；再從柏林往巴黎的長途火車上，完成了整本，但不捨闔上，又重新翻閱；我心裡滿滿的，是因為在書裡進行了一場壯遊（Grand Tour），也是心裡某一塊需求被滿足的感動——那種真實與人連結的需求。

社交媒體時代（The Social Media Era）的旅行，是美麗的咖啡館與街角，豐盛的餐桌與漂亮的旅人觀光客，有些畫面是詩意的，但只獲得人們幾秒鐘的注意，背後或許也有偉大故事，而有更多照片同時間撲面而來，我來不及深入。這個時代，我覺得大部分人都在旅別人的行，我們按「打卡地點」索驥，再拍出一樣的風景做為體驗心得。

于洋是數位時代長大的旅行者，去過千山萬水，經歷過電影般的情節，卻沒留下什麼數位足跡與網美照（要是把這些地點全部拍照發文會吸引多少 follower）；記得一次聽她敘述在埃及西奈半島那有點挑戰的路途，我說：「妳這樣旅行真是太酷了啊！」她淡淡說：「不是我特別厲害，是因為我很幸運，我們出生的地方與文化，女孩可以自由行動，我們的護照讓我幾乎想去哪裡就能去哪裡。」去過不少地方、將旅行放在重要位置的我，在之前並未想過這個觀點，于洋的話提醒了我，而我，也確認，真正見識過大山大海的人們，是謙卑的。

她去平壤、巴勒斯坦、伊朗、塞內加爾、亞馬遜……（我身邊也有不少「旅行到不知道還有哪裡可以去」的朋友，卻沒人都去過這些地方），這些並沒有成為她炫耀的冒險勳章，在書中，除了在地歷史文化、地緣政治、苦澀與少少的甜美，我更讀到了「中產階級的罪惡感」（Middle-class guilt）——通常，這是生命經驗豐富的旅行者、成熟自我意識與社會責任感交融的結果，本書就以〈你的偉大冒險怎麼能夠建立在他人的苦痛上〉做為第一篇。

我的中產罪惡感，來自到貧窮國家或地區旅行、享受低廉物價和人力時，心裡的一點內疚，也在搭飛機時浪費的各種資源與碳足跡或某些城市汽車服務很便宜而捨棄大眾交通工具時的矛盾；而于洋卻更深層、更往心裡去，她在肯亞遇到的小男孩，還有把一罐洗髮精送給隔壁甘比亞女孩的這些故事，看得我心裡揪了起來，那不只是因為對當地居民生活艱辛的認識而加深了罪惡感，更是一位來自臺灣的年輕寫作者，誠實地記錄下自己的無奈與憂傷，讀者的共鳴。

旅行是這個時代的集體行動，但我感覺（希望是錯覺）關於旅行的書寫卻沒有更多元深刻，反倒帶有濾鏡與頌揚的同溫層世界愈來愈大；于洋紀錄、反思、關心世界，她走過的路、遇見的人，她說故事的方式，就算我終究也去到相同的千山萬水之外，都不見得能有同樣的體悟。

我想起九〇年代末，二十歲時看日本作家澤木耕太郎《午夜快車》的熱情，那是他在一九七〇年代二十多歲時，從日本出發，到香港、東南亞、印度、中東、土耳其，最後到歐洲，一路搭車的旅行故事，這本當時亞洲年輕人的自助旅行啟蒙聖經，也啟發了我。再早之前，一九五〇年代美國作家傑克・凱魯亞克（Jack Kerouac）的《在路上》（*On the Road*），主角的美國公路旅行，造就了那個時代的自由青春、流浪冒險的旅行文化。

二〇二五年，我們有《之間：此地與他方的回聲》這本太好看的旅行書寫，是一個好大的世界，我一頁一頁繼續，如同二十歲時，但現在我有更深刻的眼光與內省、更成熟的心態，對于洋筆下的故事強烈共鳴，且讓我感覺不孤單，我也相信，它會帶來影響。

Recommendation

推薦文

不只是一本書
更是一段旅程

鄭俊德／閱讀人社群主編

十年之前，我不認識你……

是否腦海中的旋律也隨之響起？

但這篇推薦並沒有情愫，只有友誼，以及一期一會的相遇。

十年前，我和于洋與朋友們在東區粉圓彼此乾上一碗，分離後的日子只有透過網路，觀察彼此人生的軌跡。

十年，可以改變很多。不只是科技的迅猛發展，也包括世界的紛擾、人心的成長，隨著年歲，眼界也在不斷改變。

于洋用整整十年的時間，書寫了《之間：此地與他方的回聲》。

她走過許多讓人意想不到的地方，活出了與眾不同的勇敢人生。

她用腳步記錄這個世界的故事，然後把這十年的點滴壓縮在這本書裡，帶領我們的心靈，一同穿梭這廣闊的世界。

這不只是一本書，更是一段旅程。

讀著它，彷彿我們也能站在那些遙遠的風景之間，感受此地與彼端的回聲，感受屬於她，也屬於我們每個人的勇敢與共鳴。

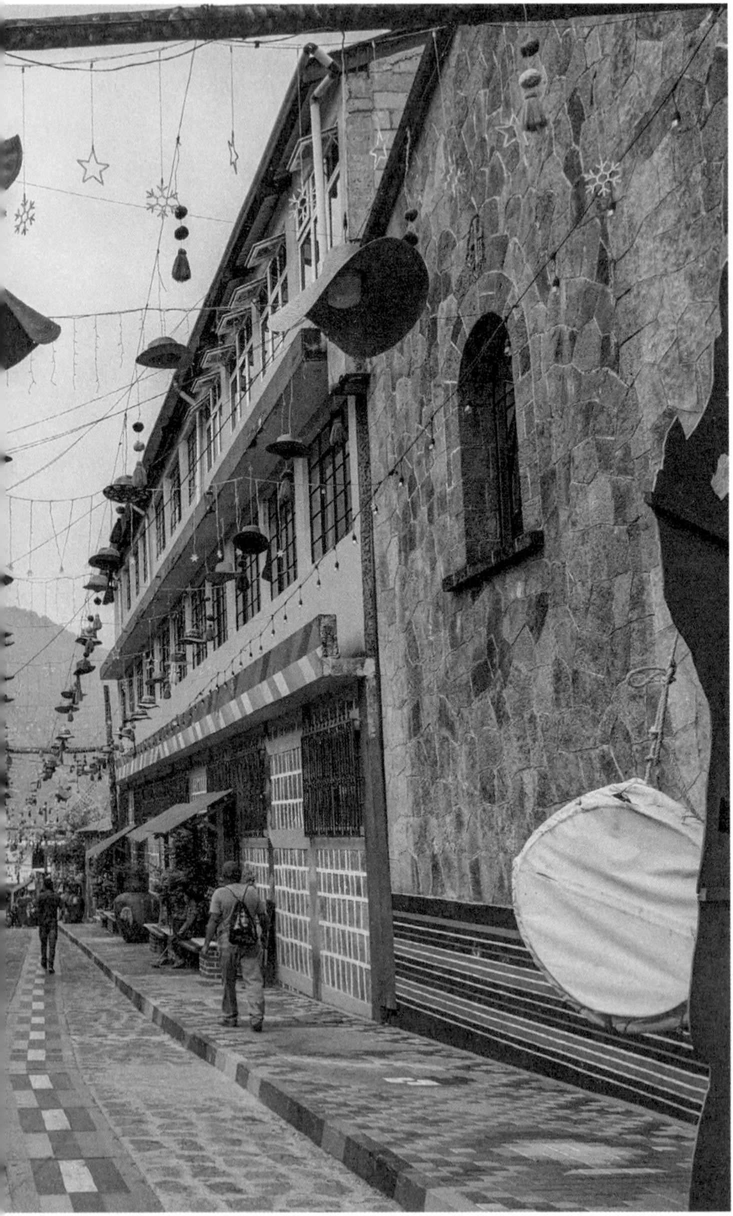

Author's
Preface

自序

距離出版第一本書已經十年了。

沒想到真如人們所說的，十年也不過是一晃眼。我以前可是不相信的。

小時候，日子總是過得很慢，我記得小學一年級的夏天，一天下午，我盯著掛客廳牆上的日曆，那天是八月一號，暑假正好過了一半。什麼?!才一半嗎?!倒也不是希望暑假快些結束，但每天看看電視、對著電風扇發出「啊～」的聲音，偶爾也會無趣。那時候總是覺得，不管怎麼揮霍時間都無所謂，應該說，對於時間是有限的這樣的觀念，只理解了字面上的意思，而不是真實地體驗過。長大之後會變成怎樣的人呢？那時候的我偶爾會這樣想著，但十年、二十年，甚至三十年這樣龐大的概念，根本完全無法想像，最後總是不了了之。

而接下來的幾十年，不管是自己做的決定造成，還是生命中的無可奈何使然，在這段我過去不能想見的時間裡，有些尖銳漸漸圓潤，有些無謂的執著一點也沒變，才知道為什麼人們用河流形容生命。其實這段時間裡，腳步從沒有停下過，離開東非後，亞馬遜、北韓、巴爾幹半島、西非、中南美洲，再到加勒比海，這十年以來，大多是在旅行的路上。但最近幾年，我和旅行的關係有了改變，不知道如何再像以前一樣，盡是書寫旅行的光亮，雖然那時的我確實只見到光亮，沒有偽裝。只是在我意識到光亮與混沌必然同時存在，並非是負面的事時，我不能，也不知道如何，不去看見自己的矛盾，甚至是偽善。

我曾經錯以為唯有在遠方才能聽見故事、成為故事。於是不肯善罷甘休，說什麼都要出發，無論如何都得繼續走下去。

但我不願成為一個販售故事的人。

這也是為什麼有好長一段時間，我不敢再去閱讀曾經寫過的文字，當聽見有人說「我讀了你的書」時，總是全身不自在，尷尬地說：「啊，不要吧。」有時甚至會想辯解：「我寫那些文字的時候才二十出頭啦。」

後來的我，即使持續旅行，卻沒辦法像以往一樣地提起一個故事，風風火火地寫下來，再上傳到網路上，好像它毫無重量。卻也不知道怎樣才是合適的做法，又該如何拿捏，乾脆什麼都別說。

最後還是得寫成一本書吧。過去這四、五年來一直這樣想著，並不是認為網路文學相對膚淺，只是自私地將它視為將自己推向下個階段的過程，好像把這些故事整理成冊之後，就可以真正地把他們送進回憶了，寫得好、寫得壞都無所謂，只要坦誠。但同時也會質疑自己，為什麼大家要花時間去閱讀我這麼個人的故事？有點太自以為是了吧？

「我還沒有聽過有誰被一個很客觀的故事感動過，故事的本質不就是一件很私密的事情嗎？」在我偶爾想著乾脆算了吧的時候，一個好友這樣說。

真的是這樣的吧。任何創作形式都是如此，世界上有多少文學、音樂、藝術作品的誕生，都是因為一個人放不下、忘不掉、走不出，他需要訴諸於一個媒介。人類不是那麼完美，也不是什麼壞事。我們喜歡一個作品，感到共鳴，也許多是因為在其中也看見自己的恐懼、不足、悔恨、無奈、痛楚，或者是一個你一直不知道該如何形容的感受，終於有人將它呈現出來，於是你不再是一個人。你看吶，這個人曾經跟你一樣無所畏懼；你看吶，這個人也曾經被狠狠擊碎；你看吶，我們都這樣努力。

我想那就是故事對我的意義，即使這個過程通常是十分赤裸又讓人羞赧的，還是必須寫下來，幾乎可以說是毫無選擇。謝謝所有說故事的人，以及聽故事的人，人們的生命經驗因此變得更有厚度與重量，我一直這樣相信著。

Foreword

前言

我一直都是很極端的人，喜歡一件事、愛一個人、捍衛一個理想都得用盡全力。在看見自身的軟弱與他人的矛盾之前，我的世界是非黑即白，是非對錯、是敵是友，清清楚楚。人性本善或者人性本惡，一定要爭出個結果或輸贏。後來才意識到，這樣粗糙的分界只是方便了自己。的確是，如果凡事都要看進細節與箇中差異，試著把自己放在每個角度去觀察一件事，並不是一件輕鬆的事，有時候甚至是十分痛苦的，它會推翻你對自己與整個宇宙的認知，一點也不留情面地自我頗析。啊，原來我是這樣的人。啊，原來世界是這樣運作的。

我原以為「自由」是沒有任何拘束，想去哪裡，想做什麼都可以立刻出發。至今才知道真正的自由是能夠轉念的能力，能把對一件事情舊有的理解先放一旁，體會新的角度與方法，再看看自己的不足與勇敢，這個世界的偽善與真誠、是非曲直、真假對錯都在其中，全然接受。這樣的話，即使沒有物理上的移動，心都是自由、不受束縛的。這也就開啟了另一個維度的旅行。

一旦目光改變了，即使回到同一個場景，景色也不盡相同。人是既本善又本惡，許多事情既是悲劇也是喜劇，一旦偏袒一方，就無法呈現人與生命真實的樣貌。我將這本書的主軸放在探討兩極之間，因為從地球的哪一端到哪一端已經不再重要了，從這一面的我到另一面的自己，從一個理解到另一個體認才是旅行本身的意義，只是那些故事剛好發生在陌生的國度罷了。於是在愛與冷漠、流浪與停留、至親與陌生、生命與死亡之間擺盪遊走，我在那些路上遇見好多人、好多事。得把它們寫下來，我終究得把它們寫下來的。因為對我來說，在兩極之間尋找自己的位置，在一步向前又一步後退的過程中所創造出的故事，是我們認真活著的軌跡。

contents

目錄

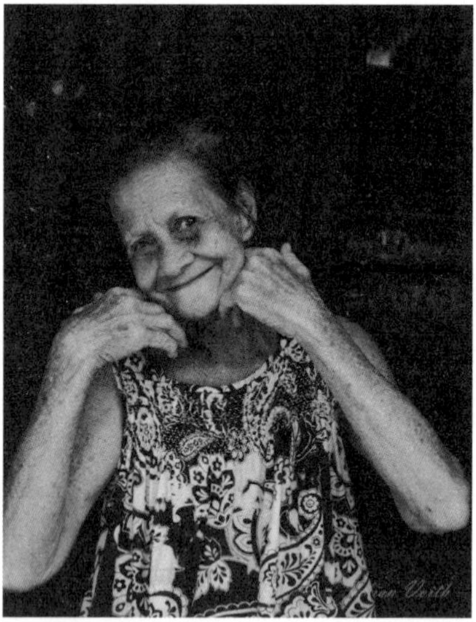

Photo by Fabian Voith

1st Journey

愛與冷漠

2nd Journey

流浪與停留

3rd Journey

至親與陌生

4th Journey

生命與死亡

愛與冷漠

1st Journey

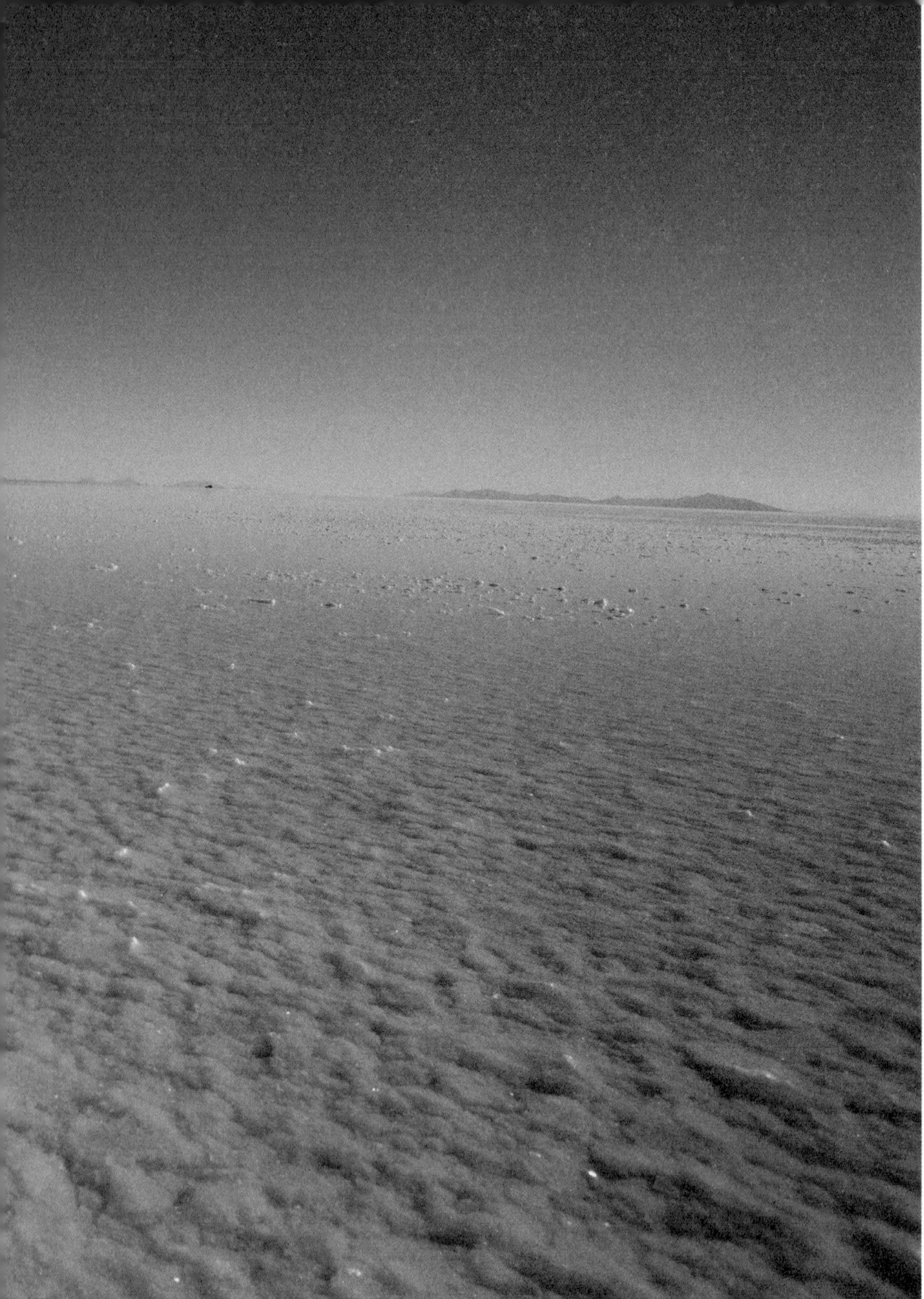

你的偉大冒險
怎麼能夠建立
在他人的苦痛之上

二十幾歲的時候聽不得勸，總是想用更極端的方式旅行，搭便車、住當地人家裡、在野外露營、生火煮飯、不做任何計畫，常常連當天晚上要睡哪裡都不知道，還總是要去大眾普遍認為危險又紛亂的地方，好像所謂的流浪，一定非得這樣不可。

那時候對於跟團旅行、度假村、奢華的行程等有許多偏見，自以為是地認為那樣不算真正的旅行，不夠深刻、不夠貼近當地。這樣的思維其實間接地暗示著「我這樣的旅行方式才是真正的旅行」，說起來也是驕橫。但旅行不過就是從一地到另一地，要怎麼前往，路上看見怎樣的風景，做了什麼事情，不應該有意義深淺之分。又或者說，旅行是十分個人又私密的事情，他人無權置喙。倘若一個爸爸對旅行的想像，就是有一天終於能帶女兒到迪士尼樂園，那麼這就是他的意義。

雖然這麼說，對於一些旅行方式，我還是很難認同。

烏克蘭戰爭剛爆發時，有個朋友的朋友立刻想飛去看看，原本對烏克蘭這個國家明明沒有太多嚮往，戰爭爆發後卻忽然想去旅行。我當然了解，一個人走訪戰亂地區看起來好像膽識過人，十幾年前，我從俄羅斯搭便車，途經中東、整個東非，整整兩年時間。離開之後，在路上遇到的人們對於我曾經在伊拉克、敘利亞等地方旅行感到訝異，常常給予我擔當不起的稱讚，在那個年紀，確實容易信以為真，有好長一段時間，我真以為自己做了什麼不得了的事情。

但我沒有啊，我就只是在那裡而已啊。真正勇敢的是為了獨立抗爭的庫德人、盡全力保護家人的每個敘利亞人啊。

如果想去那些經歷戰爭、政變、極端氣候的地區，只是為了得到證明勇敢的動章，我還是覺得不太善良。若真的發生什麼事情，外國人從來都不是主要的攻擊目標，各國使館與辦事處也會優先將本國人救出，撤離行動甚至可能擠壓到當地人道救援的資源。離開之後，我能輕易地回到原本的現實，繼續在每天早上買一杯熱拿鐵、刷悠遊卡進捷運站，而他們依然在那裡。

自我實現怎麼能夠建立在他人的痛苦之上。

在非洲那幾年，好多次，我都想參與所謂的志工計畫，到當地育幼院陪孩子上課，最好是到野生動物保護組織照顧野生動物寶寶，但看到這些組織收取的費用就立刻打消了念頭。一個月三、四千塊美金，甚至七、八千都有，我不是很能理解，我不是來免費幫你們工作的嗎？為什麼要付這麼多錢？

「因為你什麼都沒有幫到啊。」在坦尚尼亞南部遇見的荷蘭女孩艾妲這麼說。雖然在荷蘭長大，但她的父親來自肯亞，從小每年都會和家人一起回到肯亞拜訪其他親戚，對於當地語言與文化都十分熟悉。「野生動物本來就不應該和人類如此靠近，這是違反自然的行為，哪裡有那麼多野生動物寶寶需要你來拿個奶瓶餵？只要稍微想一下就知道不合理。對牠們也沒有任何實質上的幫助，真正開心的只有參與的人類吧。可以拍一些和獅子寶寶依偎擁抱的照片，上傳到網路上，既讓人羨慕，又好像很有愛心的樣子。」她說。

「那些所謂的『動物保護組織』其實和旅行社或度假村並無二致，向觀光客收取高昂的費用，讓他們享受和動物一起生活的日子。那些獅子寶寶們長大之後在野外的求生能力是很差的，你知道當牠們不再是可愛的小獅子後，會被送到哪裡嗎？」她又問。我想了想，心一沉。不會吧，該不會是這樣子的吧。

「你知道東非和南非的旅遊產業裡有困獵（canned hunting）這個東西吧？」居然真是如此。

困獵又稱為「圈養狩獵」，意即把動物圍困在特定區域，在無處可逃的情況下供人們打獵。這是由南非上流階層開始的活動，但世界上能讓你在大草原上合法獵殺獅子與其他野生動物的地方又有多少，因此吸引了許多熱愛打獵的外國遊客，這些人的消費能力通常都很高，龐大的利益讓這個產業迅速崛起。

「那些業者很聰明吧？先利用可愛的動物寶寶在志工們上撈一次油水，

等到牠們長大之後，再讓世界各地的有錢人來把牠們殺掉，真是省事，幾乎什麼都不用做就能賺進大把鈔票。」她說。

我到底是在幫助你還是傷害你？

我和艾妲說，我在肯亞南部的小村落認識了一個四歲的小男孩，我當時只是走在路上，他一點都不怕生，向我招手之後就一直跟在我身後，我拿出袋子裡的花生與他分享，一起走到小鎮另一端的雜貨店。我和老闆娘說：「他跟著我走了二十幾分鐘，家人不知道會不會擔心，你知道他住哪裡嗎？我送他回去好了。」她一邊把水果放進袋子裡，一邊說：「他媽媽剛過世，現在都是附近街坊鄰居在照顧。」啊，媽媽發生什麼事了呢？我還沒問，她又繼續說：「愛滋病，是愛滋病。這個孩子出生時也帶原了。」

好可憐。因為這樣想，便想盡辦法給予，要不要吃麵包？要不要喝牛奶？只有這雙鞋子嗎？之後有沒有辦法去學校？於是我多買了一些食物，請他把鞋子脫下來讓我看看尺寸。接下來的一、兩週，我白天沒事時就去找他，肯亞曾是英國殖民地，多數人都會一些英文，我們會一起畫畫，用簡單的英文單字溝通，或是一起做果醬三明治來吃。他一點也不貪心，從不會多要求什麼。

「我明天要走了哦，你要聽隔壁阿姨的話，這樣以後就可以去學校了。」我在離開前一天下午這樣跟他說，他還沒回話，就「哇」一聲大哭起來。我不知道該怎麼辦，一直說著你不要哭嘛，我把畫畫的筆都送你好不好？還是你想要一顆足球？我們可以去找找看哪裡有足球。但他只是一直哭，一直哭。

我只能想到給予這種物質上的幫助啊，顯然完全不明白他當時為什麼哭得稀里嘩啦。隔天我坐上公車時，他從阿姨家跑了出來，站在門口看著公車駛離，他沒有揮手也沒有掉眼淚，就只是一直看著。

在那之後，我就沒再想過要去什麼育幼院當志工，除非真的有完整的教育方案可以在當地長遠實施，不然啊，都只是自我陶醉，自顧自地以為自己帶來了什麼幫助與改變，其實是以救世主的姿態自私地闖入一個人或一群人的生命，然後雙手拍拍就離開。

「是呀，這也是為什麼我現在看到一個白人抓著當地孩子拍照，然後上傳到網路上，好像他們是什麼道具一樣，就感到十分不耐。這種照片也會讓『白人救世主情節』更加嚴重。」她說，所謂的白人救世主情節，就是來自富裕國家的人風塵僕僕地跑到那些相對落後的地區，以一種「我做這些都是為你好」的態度提供援助，但很多時候，這些幫助都欠缺長遠的計畫與思量，當然不是說身為白人就不能夠有實質的貢獻，膚色也不是重點，也有很多志工來自東亞國家，但在不了解當地文化與實際條件的情況下，最後反而是這些「救世主」得到的象徵意義與心理滿足多過於實質上的助益。

二〇二〇年時，有位烏干達媽媽對一位美國女子提出控訴，這名女子在當地成立一個救援組織，為當地營養不良的兒童提供食物與治療，最後卻因為在沒有專業培訓的條件下執行醫療行為，造成孩子死亡，在烏干達引起批判的聲浪，社群網路上充斥著「#白人不是救世主」的相關言論。而在肯亞首都奈洛比，我在人聲鼎沸的市集裡，看見幾件臺灣高中生的運動外套連著其他一座又一座堆得老高的二手衣一起販售。我以前也捐過不少，說是要捐給非洲孩子，其實最後都沒有送到需要的人手裡，而是被有心人士買賣。不僅如此，這樣的狀況已經影響了當地的成衣產業，因為總是有大量幾乎零成本的衣服（當地人稱之為Mitumba，斯瓦希里語中「大量、大批」的意思）湧進肯亞市場，以低廉的價格販售，當地的成衣廠無法與之競爭，接連倒閉，長久下來則因過度仰賴外援而讓當地的生產製造業發展更緩慢。

「難道我們就什麼都不能做了嗎？感覺怎麼做都不對。」我說。

「當然還是有很多事情可以做，只是這些事情可能不會立刻看到成效，也不會馬上讓你覺得自己做了什麼善事而沾沾自喜。這也是為什麼我選擇唸公共衛生碩士，我想學習這些專業知識，結合對當地的了解，發展一套可持續的系統來提供醫療資源，這樣，在我們離開之後，當地人可以靠自己的力量運作下去。」幾年後，她真的搬到肯亞南部，和當地工程師、醫生等一起做慢性病醫療計畫。

有時候還是會想到那個孩子站在屋前看著公車駛離的樣子。我知道，我當然知道，一出生就因為垂直感染而帶原愛滋的孩子，在沒有醫療支援的情況下，大多是無法健康地長大成人。他還在那裡嗎？雖然無從得知，但或許他很幸運地遇到像艾姐一樣的人，然後說不定有一天，我就會在電視上看到他踢足球，就像他四歲的時候想像的一樣。

流著奶與蜜之地

二〇二〇年，世界發生了這個時代的人應該一輩子都不會忘記的事情（疫情）。於是一陣兵荒馬亂、草木皆兵，社會氛圍已經完全不同。兩、三年後，一切好像才要漸漸變得相對平靜。但對部分的人來說，混亂與衝突在某些地區持續著。二〇二二年二月，俄羅斯入侵烏克蘭；二〇二三年十月，哈瑪斯突襲以色列的音樂節，造成上百人傷亡，接著以色列政府攻擊巴勒斯坦，這段時間以來，已經超過六萬人罹難。世界各國就這樣你來我往，你跑我追，戰火四起，煙霧彌漫。

人性是本善還是本惡？所謂的愛是什麼呢？如果愛真的如此強大，為什麼世界總是有苦痛？

將近十年前，我在內蒙古一個城市的小吃店點了碗熱粥，店內人潮多，接著進來的兩位和尚和我併桌吃飯。一開始只是點頭打個招呼，那時媽媽打了通電話給我，他們也許好奇這是哪裡的口音，便在電話掛斷後問我是哪裡人？

「我是臺灣人啊，我自己一個人旅行嘛，媽媽會擔心。」於是，我們開始聊起了家人、愛、關心與擔心的差異等。「其實擔心並不一定是愛，我的意思並不是母親不愛你，但擔心這件事本身並不是愛。」他說。經過這麼多年，詳細的對話內容已經記不太清楚，只記得他們離開前又說了：「真正的愛與善是不求回報、單純的關懷與祝福，而不是把他人的苦痛投射在自己的情緒上。如果看到世間苦處，只能以憤怒與悲傷回應的話，那是沒有幫助的。」偶爾想起這件事情，還想再追問幾句，但現在只能自己解讀了。

人們當然不是不知道哪裡留著血與淚，從來都不缺乏可憐他人的目光，總是同情與氣憤，世界還是沒有變得更好，隨時都像要崩裂。在波士尼亞首都塞拉耶佛認識的一個女孩曾說：「與其想像幾萬人傷亡的意涵，不如好好聽一個人的故事。」她提起一個小時候的回憶，二十多年前，波士尼亞正經歷戰爭。直到今天，果菜市場的鐵門上還有當時留下的彈孔。

「那時候我才五、六歲吧，一九九三年？那天早上聽見賽爾維亞人侵略我們村子的消息，媽媽幫我套上一件又一件的衣服，把所有重要的東西打包好，我不知道該怎麼辦，只能愣愣地站在那裡。就在我們準備要離開前，忽然聽見有人大力地撞擊著我們家的門，當時我們家的房子非常簡陋，沒多久門就被破壞了。兩個手裡握著武器的大男人走進來，我連叫出聲都沒辦法，不知道該做何反應，媽媽卻異常地冷靜，她一手緊緊牽著我，兩眼直直地看著那兩個男人，毫無畏懼。」

「啊？天啊！然後呢？」我緊緊握著手裡的杯子。

「媽媽只是冷靜地問了一句『你們要喝茶嗎？』對方沒有回話，她牽著我的手走到廚房泡了一壺茶，然後放到他們面前，請他們坐下喝茶。後來，那兩個男人喝完那杯茶，說了聲『謝謝』，就默默地離開了。」

當進入一個人的故事，他就不再只是個數字或工具，是一個有恐懼、有夢想的人，也有想保護的人，跟我一樣，跟你一樣，一個活生生的人。所謂的愛或善是不是就是如此？我不確定。但偶爾在捷運上、超商排隊時，忽然意識到我身邊路過每個人的感受都和我一樣鮮明、豐富，他們過往的回憶也和我的一樣深刻，即使看起來面無表情，也可能正經歷著相當的沉痛。一這麼想，就覺得良善真的是最重要的特質。既然不知道他們眼前有什麼樣的難處，能做的就只是盡量當個友善的人，讓彼此的生活都好過一些。

意識到這件事是我覺得和這個世界上所有生命最靠近的時刻。

金門到平壤

從金門到北韓的邊境，大約是三千公里左右。

一直對地圖十分著迷，除了辨別方位與距離這樣實際的用途之外，地圖還常帶有故事、政治意義和意識形態，這張地圖的中心在哪裡？它怎麼稱呼一個地方或地區？是不是使用麥卡托投影法？國境如何劃分？太有趣了，即使智慧型手機已經相當普及，還是常常攜帶、收藏地圖，在手邊沒有書又沒有網路時，拿出來翻翻，光是一張紙就能耗上大把時間。

「金門離廈門才十公里！」二〇一七年春天，我在金門一間咖啡館，一邊看著地圖一邊和店員閒聊，原本就知道距離不遠，但沒想到這麼近。「對啊，搭船只要三十分鐘。」他說。視線再從廈門一直往北，中國邊界連接的是俄羅斯、蒙古，還有北韓。要怎麼去北韓？簽證要怎麼辦？於是在搜尋列上鍵入這些關鍵字，但這個想法並沒有持續太久，畢竟去北韓一定得是團體旅遊，到訪的地方都是北韓政府安排好的，幾乎沒有任何彈性與自由。再來，團費大多十分高昂，雖然很好奇那是一個什麼樣的地方，但實在不太願意把錢送給與我的政治理念完全背道而馳的政權。

「對了，我有個澳洲朋友好像在北韓當導遊呢。」起初只是想問問身邊的朋友有沒有認識去過北韓的人，能夠分享一些經驗，網路上的資訊終究是太少了。沒想到在我打消這個念頭的兩天後，一位旅居東京的朋友這樣回覆。

從他那裡取得這位朋友的聯繫方式，傳了封訊息自我介紹與說明來意後，在便利商店買了顆飯糰，打算坐在涼亭邊看著海浪邊吃。才剛撕開包裝，手機就傳來訊息通知。羅文，這個在北韓從事旅遊產業的澳洲人，除了詳盡地回答了我所有的問題，還在訊息尾端說：「從中國的邊境搭火車經過鄉間到北韓首都平壤是很難得的體驗。有機會的話，還可以再帶你去一些行程表上沒有列出的地方。而且啊，五月一號就快到了，勞動節是北韓人十分重視的節日，到時候會有許多慶典，千載難逢，一起來吧！」接著附上一個遠低於其他旅行社的價格。

於是飯糰還沒吃完，就把護照資料等都傳給了羅文。

「那我們到時候丹東見啦。」他說。（丹東為中國與北韓的邊境城市）

距離勞動節還有好幾個禮拜，金門到丹東有將近三千公里，決定搭船到廈門後，再走陸路、搭便車，慢慢地移動到邊境。將手上的地圖拿來對照眼前的世界，邊境這樣的概念，幾乎只存在政治上，在文化層面，邊境永遠是難捨難分，一個灰色地帶。在滿洲里，中國與俄羅斯邊境，許多建築都是俄式洋蔥形圓頂，路上的青年穿著三線運動長褲，腿張得老開，蹲在街口抽著菸。明明是東方面孔，做起「蘇聯蹲」[1]卻挺道地。在外蒙古，簡體中文與傳統蒙古文同時出現在招牌與路標上，一個連蒙古國本身都不再使用的語言。而往丹東一點點靠近的路上，人們的反應從「怎麼會想要去朝鮮[2]啊?!」慢慢變成「我親戚也有去過呢，說是跟幾十年前的中國很相似，搭火車一下就到了，去看看也好，挺不錯的。」世界上還是有這樣的地方，一個認為去北韓也沒什麼大不了的地方。後來想想，也許那樣的心態才是當時該有的心態。是嘛，反正沒去過，就去看看吧。

我們在鴨綠江旁的丹東火車站碰面，同行還有其他十餘人，幾乎全都是歐洲人。北韓的簽證是一張藍色的卡，羅文一個個確認名字後，把這張卡交到每個人手中，再次叮嚀：「包包裡面不可以有書籍、印刷品、宗教物品、ＵＳＢ、硬碟、大型攝影器材等。」邊境檢查確實十分嚴格，雖然是預料之中，還是戰戰兢兢。這終究不是一個可以嬉皮笑臉地說「哎呀！不好意思，忘記了」就揮揮手讓你過關的國家。

在火車上，我和其他團員才有機會好好自我介紹，沒多久時間，我們幾個人就發現彼此都是那種「旅行到不知道還有哪裡可以去」的人。聽起來十分自傲吧，但當時確實是如此。一路上，每個人輪番分享了自己的偉大冒險與浪漫，亞馬遜雨林到南極大陸，撒哈拉沙漠到達連峽谷，只有更瘋狂、更不羈。

列車上一位穿著制服的女孩推著推車走過我們這節車廂，一個團員趁著當地導遊起身去為大家拿水，立刻拿出手機開啟相機，以女孩工作的模樣為背景自拍，好像她只是一個沒有生命的雕像或建築。

我猜就是那刻開始覺得有些不對勁。

不過也不必拿別人當箭靶，雖然我是真的對北韓人民的生活感到好奇，但如果說從來沒有一點這樣的心態，那未免也太不誠實了。誰不知道呢？如果向別人提起你曾經去這樣的地方旅行，常常是驚呼連連，接著是一連串的問題，接下來的十五分鐘，你就是大家唯一關注的焦點。於是這群「旅行到不知道還有哪裡可以去」的人，一個個都變成了他們曾經看不起的「觀光客」，一逮到機會就連按快門，每個景點、每個雕像、每個標語、每道菜，各個角度，全都要拍。

首都平壤其實並不像傳聞中那樣充滿虛假，當地人雖然過著不與外界聯繫的生活，平壤只有權貴人士才可以居住，所以並非北韓普遍的樣貌，但也不至於像有些電影嘲諷訕笑的那樣，路人全是演員，街上的建築是看板上的輸出照片等。人們搭著地鐵去工作，也有貨幣流通，上理髮廳、保齡球館，甚至還有一間精釀啤酒吧，以及當時剛開幕沒多久的百貨商場等。有些不同的是，理髮師會給你一張「菜單」，髮型一號到髮型二十號，人民只能從這些政府核准的髮型做選擇。而精釀啤酒吧，雖然有著我認為世

界上最好喝的啤酒之一，在那裡也不過就是啤酒一號到啤酒七號，沒有什麼「艾爾」、「拉格」、「IPA」，或是什麼精心思量過的文案。

於是世界變得好安靜。

當然了，光是沒有網路就已經是很大的差異，但除此之外，還有一點什麼，造就這樣的寂靜，一時卻也說不上來。而我是在第四天才開始認知到這件事情：我果然是來自資本主義社會的人。資本主義的推動力在於創造出你原本甚至不知道自己有的需求，才能不斷地製造與消耗。再買一個包、一支錶、一雙鞋，再白一點、瘦一點、高一點，你就可以是值得被愛、被尊敬的。這樣暗示著「你還不夠好」的資訊鋪天蓋地地充斥在每天的日常生活中。畢

竟，你要先覺得自己不夠完美、有所欠缺，才會去消費，才可以成就所謂的經濟成長。一點開手機、一出門，捷運上、公車上、走在路上，耳朵聽到的、眼前看到的、手能觸摸的，全是如此。幾乎像是背景音樂，唯有當它嘎然停止後，才會意識到它原本的存在。

此地的化妝品與保養品都只有簡單的幾個選項，看板上沒有像是希臘神像般的模特兒，沒有人知道愛馬仕喜馬拉雅凱莉包或是百達翡麗金鷹系列錶是什麼，物品包裝上直接了當地標出內容物，曲與曲之間沒有廣告時間，菜單上也僅是食物名稱。沒有選擇困難，沒有容貌焦慮，沒有貪慕虛榮，「你現在的樣子就可以了」，所以世界才如此安靜，原來是這樣。

結果啊，我們這群外來者用極為粗野的方式

劃破寂靜。

為了在當地的商場購買商品，羅文帶我們去兌換了一些當地的貨幣，這下可不得了了，這可是北韓的紙鈔。所有人二話不說地掏出錢包裡一疊厚厚的美金與人民幣，即使根本不需要這麼多現金，還是趁機會能換多少就換多少，至於為什麼……哎，再說一次，這可是北韓的紙鈔。

我們這群人除了快門按不停，各個可以購物的地點也不放過，在平壤的百貨超市裡吵鬧喧囂，你看你看，北韓的口香糖；你看你看，北韓的原子筆；你看你看，北韓的筆記本。一直到板門店，北韓與南韓交界的三十六・五度線時，已經到了肆無忌憚的程度。什麼韓戰歷史已經不重要了，幾團觀光客一同湧入紀念品店，平常連看都不會看一眼的冰箱磁鐵、鑰匙圈、別針，每樣各五個。T-shirt、海報、明信片，全部包起來。要買，當然要買，全部都要買下來。因為啊，這些東西都是之後說故事的籌碼。

收銀機關了又開，關了又開，櫃檯後方的幾位工作人員手沒停過，包裝紙、膠帶、包裝紙、膠帶。於是一群人一手提著大大小小好幾包，不說還以為是在巴黎香榭麗舍大道或米蘭的蒙特拿破崙大道。從啟程時在火車上感到的一絲不妥到現在，才短短幾天時間，一群自視甚高的旅人，已經和那種在各個購物點停留的廉價旅行團沒什麼兩樣。雖然心裡覺得有些諷刺，但我能說什麼呢？我手上不也拿著一張海報。

那天晚上的晚餐是燉狗肉。

其實南北韓都有食用狗肉的文化，只是現在已經不那麼常見。一個韓裔美國女孩曾告訴我，韓國人食用狗肉並不是長久以來的傳統，主要是因為韓戰時期物資缺乏，在沒有其他食物的情況下，人們會獵捕街上的野狗來吃，後來某些地區仍然維持這樣的習慣。因為記得這件事，對於晚餐要吃燉狗肉這樣的安排，除了自己心裡的疙瘩之外，並不認為他們這樣做有什麼不對。畢竟在本質上，吃狗肉和吃雞、豬、魚、牛是一樣的，而在道德層面上的好壞差異，哪個能夠被接受，哪個不行，都是文化使然。但人們常常對於會吃「人類最好的朋友」的民族，多是帶有一點以上對下的姿態，文明人看著野蠻人的態度。是吧，你們真的應該停止這樣的陋習。是吧，我們殺豬的絕對比殺狗的更了解生命教育的意義。食物一上桌，席間就是那樣的氣氛。

「唉呀，怎麼這麼殘忍。是沒有東西可以吃了嗎？真受不了。」一個團員把鍋子往外推一些，看著其他人說：「我們真的要吃這種東西?!」一臉十分厭惡的樣子，但拍照可沒忘記。

「是啊，正是如此，確實是因為沒有東西可以吃。」我忍不住說。「就是因為韓戰時期沒有東西吃，所以才開始吃狗肉的。我們只是運氣好，沒有經歷過那樣極端的條件罷了。上一次英國鬧饑荒是什麼時候啊？十九世紀嗎？」也許是在他身上看見自己時有的傲慢而有點心虛，口氣並不是太好。「真的是這樣沒錯。但是以現在來說，北韓人把這道菜看作高級料理，他們只是想要好好招待遠道而來的旅客。不想吃沒關係，不要勉強。」羅文在一旁緩和氣氛。

我還真的沒有想到會是如此。

我以為來北韓是來看這個國家如何運作，人民如何生活的。寫一些人道議題，或是地緣政治的相關文章。告訴世界這個政權有多麼殘暴，我又是經歷了多麼驚險的事情，帶著一袋袋故事籌碼的英雄歷劫歸來。結果看到最多的是自己的不足與心高氣傲。

我當然知道北韓的壓迫與困苦確實存在，光是火車駛過鄉間時的風景，以及除了羅文之外的三位當地導遊全天候的監視，就能夠窺知。但這個世界上並不缺少來自自由、富裕國家的人到北韓旅行，不過是待了一、兩週，就認為自己已經深入了解到有資格說些什麼。我們都只是瞎子摸象，這裡一些片段那裡一些皮毛，試著拼出事實的樣貌，但最終都只是主觀經驗，分享經驗當然沒什麼不對，但已經有愈來愈多的脫北者透過文字與演說記錄下他們的故事，像這樣他人難以想像的經歷，還是把舞臺留給他們自己來說，否則常常會變成一種剝削[3]。

離開北韓沒多久，途經一間北韓餐廳，店裡的裝潢與氛圍還真的如出一轍，剛好想吃一碗冷麵，便走了進去。餐廳的老闆娘是一位脫北者，這並不是很常見的，多數在中國、泰國等境外的北韓餐廳都是由北韓政府派遣本國人民到海外營運的。她曾經在中國東北地區住了十幾年，中文說得很好。她聽到我剛從她的家鄉過來，好像十分興奮的樣子。她說，二十二歲的時候和哥哥一起逃走，用一大筆錢賄賂邊防衛兵，兩兄妹載浮載沉，在大半夜奮力地游過鴨綠江到中國。

付錢的時候，我發現她桌上有一張小小的偉大領導的照片。我自然是無法理解，這是一個讓你如此恐懼的政權啊！是你千方百計要逃走的地方啊！為什麼？為什麼呢?!但我又怎麼能夠理解在那樣環境長大的矛盾，一輩子以來所有認知被推翻是什麼感受，於是什麼都沒問。

「你覺得口味和在平壤吃到的冷麵像嗎？」老闆娘找錢時這麼問。

「幾乎一模一樣呢，還有這整個空間的擺飾也是。」我說。她聽了之後似乎很開心，滿意地點點頭說：「那就好。」

她回到放著偉大領導照片的座位上，在一千公里之外的一間小餐館，聽著家鄉的音樂，吃著同樣的食物，好像從沒離開過。

---

1 Soviet squat，蘇聯蹲，一種蹲下的休息姿勢，起源於三〇年代的蘇聯，在俄羅斯及前南斯拉夫國家很普遍。

2 中國通常稱北韓為朝鮮國。

3 許多外國人離開當地之後，剪輯影片與照片放上網路，用聳動或誘餌式（clickbait）標題吸引流量，內容大多沒有經過驗證，就是憑藉著多數人沒去過沒辦法知道真實，而真正脫北者的故事反而沒有得到那麼多關注。

殺鯨島

丹麥朋友安德斯從小一起長大的好朋友喬翰的家人來自法羅群島，法羅群島位於北大西洋與挪威海海域、挪威與冰島之間，多數人對它的了解不多，真要說有什麼既定印象，大概就是聽到他來自法羅群島時，會露出驚訝，甚至有點厭惡的表情說：「啊？就是那個殺鯨魚的島嘛。」

每年夏天，法羅群島會舉行Grindadráp（法羅群島文，獵鯨儀式），關於這項儀式的最早文獻記載可以追朔到一二九八年，來自《*Seyðabrævið*》（法羅群島最古老的法典）。對法羅群島人來說，獵鯨儀式是文化和歷史非常重要的一部分。這裡土壤貧瘠、耕作不易，因此肉類一直是營養所需來源。千年以來，鯨肉和鯨脂都是法羅群島人飲食中不可或缺的，尤其是鯨脂，除了飲食之外，還能提煉成為燃料、醫療用藥等。鯨魚胃可做為釣魚的浮標，而晒乾的鯨魚皮，對他們來說是再堅韌不過的繩索，用來製作多樣生存工具。

這項千年的傳統直到二十世紀初開始受到世人的關注，一九三二年，丹麥政府頒布法羅群島獵鯨條例，關於獵鯨的每項細節都清清楚楚地列在白紙黑字上。傳統文化被制度化，成為社會法律條例的一部分，所有丹麥殖民政府覺得不合時宜的行為也被屏棄。

「我們殺鯨魚，但是不殺即將絕種的保育類，並且是以牠們最不會感受到痛苦的方式捕殺。獵鯨人必須受過專業訓練並持有執照，懂得用矛槍刺進鯨魚的脊椎，以減輕痛苦。祭典之後，所有的肉都會分給來參與的人，如果有剩餘的話，會分給當地居民或養老院等機構。對我來說，去超市買一塊來自紐西蘭的牛肉，或者是為了避免在長程運送到這個偏遠小島的路途上腐壞而噴灑了藥劑的蔬果，是一件非常奇怪的事。

在接下來的幾十年，法羅群島人也許不會再進行獵鯨儀式，並不是因為我們覺得對不起那些鯨魚，而是世界上許多工業大國正在汙染我們的海域，我們的魚正在消失，我們的鳥漸漸死去。最後，鯨魚會因為海域中的有毒物質而不適合被食用。很快，我們就會像其他所謂的文明國家一樣，吃著大量生產後儲藏在冷凍櫃裡的肉、含有一點美味的化學物質的蔬果。還真是謝謝大家的政治正確，讓這個世界變成一個更好、更多元文化的地方。」喬翰諷刺地說。

鯨魚被捕獲後會被立刻殺死，獵鯨人會透過鯨魚眼睛來確認其在極短的時間內死亡，將痛苦降到最低。這也是為什麼每當夏季的獵鯨祭典時，沿岸的海水都被染成鮮紅色。外來者將這個景象拍下，放在各種報章媒體上，告訴世界法羅群島人有多麼野蠻。

當人們對喬翰露出嫌惡的表情，說「啊？你就是來自那個殺鯨魚的島」時，他總會說：「啊？你就是來自文明世界，去超市買別的國家生產的肉，不用看到牠們被殺的樣子，然後沾沾自喜地覺得你們比我們還善良的人嗎？」

是這樣子的吧，我們的無知總是大過理解，傾聽才如此重要。

歷史的用意不是
讓我們尋求理由
來憎恨彼此

去以色列和巴勒斯坦是個唐突的決定，只是我對中東一直有著難以言喻的情感，一些氣味、場景、食物、地理名詞牢牢地把我抓在那塊土地上，不管走得再遠，只要一聞到朱槿花的氣味、瞥見一位抓緊頭巾快步向前的女人、一碗扁豆湯、在人群中聽見提到伊拉克或埃及的某座城市，在新聞上看見曾經居住過的開羅解放廣場……它是一位舊情人，因生活中那樣一個出其不意的場合想起，故作鎮定地打聽起它的消息，不讓情緒彰顯。必須控制想見它的欲望，即使我無時無刻都希望它能朝更好的地方前進、感謝它讓我成長，但又害怕看到它深陷泥沼，害怕它和我記憶中的樣子不同，害怕它再也不能承載更多的悲傷與憤怒。

二〇一五年冬天，在以色列首都特拉維夫南邊的雅法老城散步，面向著地中海的大街上，天主教堂、伊斯蘭清真寺、猶太教堂並存。等待前往耶路撒冷公車的空檔，在快餐店點了一杯茶，隔壁桌坐著一對中年夫妻。「我們是德國人，但是我有很多猶太朋友。」也許是因為德國與猶太人過去的歷史，他們這麼說：「我愈來愈少看新聞，太心痛了。不知道未來的人會怎麼看我們這個時代。」

牆上的大平面電視正在報導著沙烏地阿拉伯國王去世的消息，接著是ISIS與日本人質的新聞。旁邊的男人咀嚼著手中的鷹嘴豆餅，喝了一口茶，對我們三個人說：「你們是外國人嘛，我怕你們不知道，可不可以告訴你的朋友，ISIS不是伊斯蘭教徒，他們不是真的穆斯林，真的穆斯林不是這個樣子的。我們和你們同樣地生氣，他們羞辱了神的名字。」

「我知道，別擔心。」德國爸爸拍拍他的肩膀。

從特拉維夫到耶路撒冷，再到巴勒斯坦最大城市拉姆安拉，僅僅兩小時車程，但那兩小時你能看見幾千年的歷史織著一股緊張、壓抑、難以闡述的氛圍，密密麻麻、鋪天蓋地。有時候，我需要停下來好好吸一口氣。要進入巴勒斯坦再容易不過了，只是裡面的人想出來，卻是一層又一層關卡。身為來自地球另一端的人，擁有常被視為理所當然的特權，在邊境來去自如。

我記得那個巴勒斯坦女人說：「我們在耶路撒冷有兩棟房子。」她從抽屜裡小心翼翼地取出鑰匙。「現在，那裡住著以色列人，這把鑰匙也許再也無法打開那扇門，我們沒有了回家的路。」她握住我的手說。

一九四八年五月十五日是以色列的國慶日，經過如此長久以來的種族迫害，猶太人終於有了自己的國土。但這天也是巴勒斯坦浩劫開始的災難日（Nakba），七十萬巴勒斯坦人在以色列獨立後，被迫離開家園。你的自由是他的苦痛。鑰匙啊，有多少巴勒斯坦人櫃子裡都放著這樣一把鑰匙呢？

我確實看見兩地的悲傷與無奈，在他們說話時看進他們的眼底，試著感同身受，卻徒勞無功。我是個外來者，僅僅是個外來者，不管歷史與政治議題了解得多麼深入，終究無法感受相同的苦楚。

只覺得自己身處在最壞的世代，但總在幾乎要放棄相信人類可以更好的時候，被拉了一把。

一個晚上，一群人嚷嚷著要去聽一場演唱會，於是我們在晚餐後一起散步到會場，在吧檯點了一杯亞力酒，人們不斷地湧入，等我回過神時，整個場地已經水泄不通。角落站著一群說著希伯來文的男人，我因為好奇而上前搭話，畢竟以色列猶太人在約旦河西岸地區並不常見。其中一人說：「這是我最喜歡的樂團！幾乎每一場演出我都會到！」一意識到有人注意到他們的談話，便趕緊改口說英文。我有些驚訝，在這之前，我遇到的以色列人與巴勒斯坦人幾乎是不相往來，即使有可能是朋友，討論到政治話題時常常是不歡而散。而這些穿著西裝的以色列上班族，下班後還特地拿著外國護照來巴勒斯坦看表演，尤其這個樂團又是以巴勒斯坦的傳統音樂與以巴政治議題為靈感創作而廣為人知的。

表演開始之後，人們隨著音樂擺動，手裡握著的酒不小心濺在彼此身上，沒有人介意。他們大笑、擁抱，我不確定這是真實的，又或者被血染的加薩走廊和流離失所的人們才是真實的。原來音樂真的能夠將人們連結在一起，毫無保留地接納，無關種族與歷史，沒有偏見與懷疑，身上流著的血也不再是原罪。於是一個個沒有束縛的靈魂起舞著。在深夜，來自各個不同地方的人走出會場，勾肩搭背，哼著剛聽到的旋律，時不時地笑出聲，在一個小吃攤前停了下來，一起分享著簡單的食物，那個景色是我對巴勒斯坦記憶最深刻的印象。我們很好，世界也不是太糟。

「我的抽屜裡也有一把媽媽留下來的鑰匙。」從小在拉姆安拉長大的海桑說，我才知道他們打算把鑰匙像這樣一代一代傳下去。除了象徵被迫流亡的痛苦與無奈，還有文化記憶的延續。我想像在巴勒斯坦各個家庭中，有一天，他們把鑰匙交到孩子手中，都說些什麼呢？「這是我們的家，如果我來不及回去，那就拜託你了。」海桑說，許多巴勒斯坦文學、藝術、音樂等都有鑰匙這個元素。

「你每次打開抽屜看見那把鑰匙的時候是什麼感覺呢？」我問。

「會想到小時候，爸媽跟我說過的故事。畢竟我沒有真的去過那裡，家人常常會告訴我家裡以前是什麼樣子，發生過什麼事。」聽起來多是紀念，你要記得這些人和事，手裡握著回歸的象徵，只要鑰匙還在，總有一天能夠回家。畢竟歷史的用意不是讓我們尋求理由來憎恨彼此。

要離開的那天，海桑跟我一起到了公車站，到耶路撒冷不消三十分鐘，但那也許是他這輩子都沒有辦法到達的地方。車門關上，巴士緩緩駛出車站，他在路旁隔過窗戶看著，我們互相揮揮手，胸口仍然揪成一團打不開的結，怎麼也沒有辦法撇過頭。

靈界的旅行

想像你在從未被開墾過的山裡行走著，周圍滿是荒蕪，突然眼前不遠處出現了一座花園，這裡的植物看起來與當地周邊的植被截然不同，結實累累、花團錦簇，每株植物都精心修剪過，甚至還有一座湧出甘甜泉水的水池。其他動物經過這座花園時，只是自在地飲水，但人類走過這裡時必定起疑，為什麼這裡有座花園？是誰在照料這些花與果樹？誰蓋了這座噴泉？怎麼蓋的？這是人類自然的反應，對於周遭環境的各種現象好奇，進而試著去找出答案，人類文明發展最原始的動力與原因，正是因為我們不斷地問「為什麼？」與「如何？」。

人類對於世界的了解不多之前，因無法解釋眼前的現象，為什麼有日月星辰？為什麼會打雷下雨？潮起潮落和月亮有什麼關聯？為什麼有四季變化？如何測量時間？這些現在看似基本常識的問題並不能利用科學測量與實驗驗證，於是我們透過對於周遭環境有限的了解盡可能理出一個解釋，不管這些說法正不正確、有沒有辦法被證實，只要有人願意相信，它都是一種信仰模式，這也是宗教信仰的開端。許多原始文化都有山神、雨神等信仰，在人類的生活與大自然十分緊密的時代，敬拜山神、祈求雨神等，都是對大自然敬畏再直接不過的表達方式。

「然後把這青蛙背上的黏液抹在傷口上……」我和阿德恩認識時是在伊基多斯，亞馬遜雨林地區的一座城，這裡沒有連外道路，只能搭飛機或者乘船渡過亞馬遜河。阿德恩是美國人，但父母曾是這個地區的傳教士，從小在亞馬遜長大。他成年後回到美國從軍，如同許多退伍軍人一樣，因為見識過戰爭的壓力與殘酷，曾經與死亡如此靠近，而罹患了創傷後壓力症候群（PTSD）。他回到這裡是為了治癒自己，而第一步是讓部落裡的薩滿（部落巫師，工作是預言、治療、與屬靈世界溝通等）在他身上戳三個洞，再把青蛙背上的黏液塗在傷口上。他邊翻閱相機裡的照片，邊向我解釋儀式如何進行。

不管是亞馬遜原住民、中美洲馬雅人、西伯利亞人、北美原住民，還是北極圈的原住民薩米人等，他們的信仰普遍相信萬物有靈（Animism），對於屬靈世界的探索與想像也十分豐富，他們相信世界上存在著眼前不一定能看見的事物，透過祭祀、冥想、唱誦、圖騰等方式來探索「眼睛看不到的」世界。而在亞馬遜部落裡，用青蛙的黏液來治療是很常見的，所謂的治療並不一定是生理上，還有心理上的。薩滿將藥草用一根管子吹進鼻腔裡，在身上戳出幾個傷口，再將雙色樹猴蛙的黏液塗在傷口上，沒多久就進入另一個精神狀態，這樣的儀式稱為Kambo。

但要說亞馬遜地區最為眾人所知的儀式，大概就是死藤水（Ayahuasca）了。死藤水儀式已經有幾千年歷史，主要是將一種蕨類植物與喬木混合，具有強烈的致幻效果，飲用後，薩滿會吟唱傳統歌謠（稱為「Icaros」）引導，這些歌曲有保護的作用，讓人在這趟他們稱為「一場靈界的旅行」中一路平安。到達伊基多斯前，我早就盤算好要嘗試死藤水儀式，甚至還在亞馬遜河的途中就開始準備，人們說，儀式前必須吃純素食物至少一週，不能飲酒、抽菸等。

到了伊基多斯後，隨便走進一間餐廳就能看見菜單上有「死藤水套餐」，也就是為了迎接儀式必須遵守不食用動物製品規定的純素套餐，大街上一個又一個高掛著「死藤水靈性之旅」招牌的旅行社。

不是吧，怎麼會是這樣？和我想像的不一樣。

原來過去十幾年，世界各地的遊客紛紛遠道而來體驗亞馬遜部落的神祕儀式，原本神聖的儀式淪為旅行社的套裝行程，只要有錢，要喝幾次死藤水都可以。這些旅行社大多是由北美、歐洲人經營的，利用外來者對亞馬遜部落文化的浪漫想像，以微薄的金錢聘請部落的薩滿，篤定了這些旅人一定是抱持著「反正這是一生難得一次的機會」，收取相當高昂的費用。

「死藤水已經變得像迪士尼樂園的套裝行程一樣了。」在咖啡館認識阿德恩時，我這樣說。他說：「這不僅僅是對儀式與文化的不尊重，對當地人的傷害也很大。我從小和當地原住民一起長大，才有機會跟著他們一起參與正統的儀式。但我也看到認識的薩滿開始和旅行社合作，旅行社老闆並不了解，對於這些原住民來說，金錢是很新穎的概念，當然不是說他們不可以使用貨幣或享有物質上的進步，但不應該是用這樣粗暴的方式讓他們學習金錢概念。上個禮拜，我看到部落的薩滿拿著旅行社支付的佣金去城市裡買了一臺冰箱，忍不住說：『胡安，你怎麼會想要買冰箱啊？你住的地方連電都沒有啊。』胡安撓撓頭說：『我看很多有錢人家裡都有一臺嘛。』他們不會想說要把錢存下來讓孩子去上學，就像突然間拿到很多零用錢的青少年一樣，看到什麼買什麼。」

有些外來者會在伊基多斯待上一段時間，除了參與儀式之外，可能也會學習怎麼調配死藤水與其他草藥。他們離開之後，打著自己是薩滿的名號在其他地方為他人帶領儀式，但不是來自薩滿文化的人自稱為薩滿還是不太妥當。薩滿是具有天命的，多是在出生後沒多久就展現出一些徵兆，例如過人的直覺、對動植物的敏感性等，再由長老培養成為薩滿。帶領儀式只是薩滿的工作之一，這個角色還承載著部落的靈性，一個連接人類、自然、靈界的橋梁，一起維護部落的和平與信仰。倒也不是說外來者不能透過學習成為薩滿，但薩滿傳統與靈性十分深奧複雜，需要好幾年，甚至數十年的時間學習與修行，才有能力為族人治療與解惑，否則只是斷章取義，文化挪用。彷彿整個薩滿文化可以濃縮成一碗死藤水，喝了就能理解。因為這些原因，我打消了在伊基多斯參與死藤水儀式的念頭。但出於好奇，還是向阿德恩問了許多問題。

「你覺得……這些儀式對你的創傷症候群真的有幫助嗎？」我問。

「這就是我覺得困擾的地方……有的，幫助非常大，但是我不知道該怎麼說明這一切，這很難用言語表達，尤其我來自的文化都是以有一分證據說一分話的眼光看待事情。我要怎麼和我當時同梯的朋友說：『兄弟，我知道你退伍後日子也不是很好過，你要不要試試把這個青蛙黏液塗在身上看看？』」

聽起來十分荒謬，但世界上偏偏真的有許多這樣我們無法理解、卻又真實存在的事情。除了具體的儀式或是藥草，許多認知也與我們大不相同，死亡並不一定是一件悲傷的事情或終點，而是靈魂離開肉體，進入靈性世界的過程。亞馬遜原住民會透過冥想與儀式試著與靈界的人溝通，靈魂也可以在特定的狀況回到人間，像是給予警告、保護族人，被視為智慧的來源。阿德恩說他見證過太多次部落薩滿的預言成真了。

「我爸媽是傳教士，但我本身是沒有宗教信仰的。我覺得信仰這種事並不一定要是狹義的宗教，像是天主教或伊斯蘭教之類的。一旦和部落的人一起生活過，你就會發現他們對大自然的敬畏，將所有事物尊稱為神，完全超越人們對宗教的認知。在這樣的世界觀下，你不得不成為一個謙卑的人。」

如果真要為自己的信仰貼上標籤，我想最適切的大概是不可知論者（Agnostic），與無神論者（Atheist）不同，不可知論者並不認為神必定不存在，而是無法確定神存不存在，或者認為人類永遠無法獲得真理，但這不代表我們應該停止追求真理。

人類的歷史上，許多我們以往無法解釋的現象隨著科學發展有了答案，面對未知的力量，我常常想到十九世紀的匈牙利醫生賽麥爾維斯（Ignaz Semmelweis）的故事。在那個對細菌與病毒一無所知的年代，賽麥爾維斯注意到醫生在進產房或手術室前洗手，可以大大降低孕婦與病患感染的機率。以現在來看，這不過是基本常識，但當時沒有人相信他，因為無法測量肉眼看不到的細菌，無法證明它的存在。他在醫學界不斷地被嘲笑，賽麥爾維斯晚年脾氣愈來愈古怪，最後被關在療養院裡，在一次毒打後右手嚴重感染死亡。

他死後幾十年，人們才發現他當時說的話是對的。

即使現在的我們無法用已知的知識與科技去證明，並不代表那些無法被測量的、各個文化裡的神祕力量不存在。不可知論是用謙卑的角度接受人類對萬物理解有限，不必奢望用短短幾十年時間就能了解一百四十億年歷史的宇宙。我們到底為什麼在這裡？為什麼在一片無聲中有個充滿生命的星球？就算沒有答案也無所謂，問這些問題的過程本身就是存在的意義。

遠方的苦痛與我有什麼關聯？

我對電影十分著迷，幾乎什麼樣的類型都會看，不管劇情多麼荒誕，以本質來說，所有電影、小說都是日常生活與人生的投射與延伸。對於電影和文學著迷，大概是因為它把生命中的不期而遇、驚奇、無法預知的變化、恐懼與夢想等完整地包裝起來。在電影中，因果關係十分直接，即使片頭時主角不過是在快餐店點個三明治、拿著外帶咖啡匆匆坐上地鐵，如此平常的一天，你還是能夠推測接下來即將發生的轉折將改變整個劇情，可以想知這樣的平凡只是為了鋪陳一個巨大的轉變。

但現實生活中，我們通常只有在回頭看去時，才知道當時一個不經意的決定、再稀鬆平常不過的事情，竟像是蝴蝶效應一樣，一個骨牌推著一個，將故事推演到一個無人想像過的局面。每次看到過往歷史與現今國際事件的演變，更覺得「現實比小說更加荒誕」這句話真是如此。

二〇二二年秋天，伊朗開始了大規模的示威遊行。起因是伊朗庫德族女子阿米尼（Mahsa Amini）因為沒戴好頭巾而被祕密警察[1]逮捕，並在拘留期間身亡，民眾因此走上街頭，要求給女性應有的人權。

同年十一月，伊朗的反頭巾社會運動正如火如荼地進行，當時同住德國的伊朗裔朋友利娜約我一起走上街頭，在德國首都柏林支持幾千公里外的伊朗民眾。明明她做為一個擁有德國居留權的伊朗人是可以置身事外的，她本不戴頭巾，家鄉發生的事情並不會剝奪她現有的自由。但她說：「這不是一個人的事，這是我們共同的事。」確實如此，頭巾事件僅是個引爆點，其實阿米尼的遭遇不是第一次發生，但這次形成大規模的反抗，有部分原因是伊朗當地嚴重的通貨膨脹，民怨四起的情況下，任何事件都成能為導火線。民眾的訴求從原本的反頭巾和女性平權，延伸到爭取全國人民的自由與批判掌權政府，這樣的故事在歷史上一點也不罕見。

十多年前，中東的茉莉花革命始於突尼西亞[2]，那年革命的起點是一名失業青年為了糊口，設了一個簡單的水果攤，但因沒有販售執照而遭警察沒收攤車。這是當地警察常見的勒索方式，和強收保護費一樣的概念，根本沒人在乎什麼營業執照，只要有交錢就可以。

然後，這個青年攤商自焚了。

塔瑞克（Tarek el-Tayeb Mohamed Bouazizi）當然不僅僅是為了水果攤被沒收而自焚，而是對整個社會與體制的憤怒，市井小民在夾縫中求生存的無奈，即使再怎麼努力都無法戰勝權威而被逼到絕境，隧道的盡頭沒有光。他自焚後，突尼西亞人展開大規模的示威遊行，最後導致政權垮臺，那是阿拉伯國家第一次人民起義推翻政權，連帶牽動了周邊國家地區的社會運動。

同年秋天，我坐在埃及首都開羅的解放廣場旁，示威的人群呼喊著他們的訴求。我和當地朋友坐在臺階上，一邊吃外帶午餐一邊問：「這一切是怎麼開始的？」他撕著手中的麵包，那是埃及的主食之一，圓扁狀的口袋型麵包。

「這個。」他說。

「麵包？」

「對，麵包，我們每天吃的麵包。漲太多了，人民沒有辦法負擔。」當時沒想到會是如此平常，卻又非常基本的生存問題。

所有歷史上的「運動」、「事件」、「革命」似乎都是如此，起因於一個人的遭遇、一件看似不那麼嚴重的事情而掀起的波瀾。民眾長久以來的積怨、無處可說的有苦難言，一觸即發。置身事外確實是最容易的選項，但激起的浪潮終究會推進每個人的未來。那是革命開始的前章、推翻一個時代的序曲。

他們說二〇一一年是革命的一年，阿拉伯之春那年。那一年從土耳其穿越中東，對於阿拉伯國家一無所知，我是很久之後才發現自己當年有多麼幸運，除了能夠看到敘利亞在被徹底地摧毀與改變前的樣貌，還有在那樣缺乏了解當地局勢的情況下平安地離開。

敘利亞曾是非常安全與穩定的國家，在內戰發生以前，它是人們旅遊或學習阿拉伯文的首要選擇之一。印象非常深刻，當時在土耳其東部的一家小餐館，那裡貼著一張周邊國家地圖，我手裡拿著搭便車用的紙板，正在考慮該寫上哪個地名。老闆笑嘻嘻地問我想去哪裡，我比手畫腳地說：「伊拉克？或者敘利亞？」他聽到伊拉克時皺皺眉頭，搖搖手，然後手指著地圖上的敘利亞，豎起拇指說：「Good! Good!」大馬士革是……又或者該說曾經是，中東最美麗的城市之一，有一萬一千年歷史，是世界上最古老的城市，敘利亞人十分善良好客。

從伊拉克經過土耳其到敘利亞那天，在邊境小鎮的大街上問路：「敘利亞怎麼走？」這時我仍然不覺得在敘利亞旅行會有困難，但抵達敘利亞邊境時，邊境官不願意讓我入境，他用簡單的英文說：「現在境內有些問題。」我不知道他所謂的問題是什麼，於是在邊境來回徘徊，那天氣溫四十四度，我沒有水喝。也許是看起來挺可憐的，八個小時後，一位實習的邊境海關幫我打了通電話到大馬士革，替我拿到了簽證。他們拿著我的護照，取出一本像是小時候家裡厚厚電話簿的本子，用尺及原子筆畫出的表格，將我的資料抄寫下來。

過了邊境後，就是敘利亞北部的第二大城：阿勒頗——「現在境內有些問題」，海關是這樣說的吧，但直到上了火車後才有一些蛛絲馬跡。我隔壁坐著一對夫妻和一個年幼的女兒，他們帶著幾個大型行李箱。

那個男人指著我，問：「去哪裡？」

「大馬士革。」我說。

「我也是。」

「你來自大馬士革？」我問，想著他們也許是來阿勒頗拜訪親戚或度假，正在回家的路上。

「工作。找工作。」他說。

「你做什麼的？」我又問。

他的手作勢拿起鋤頭的樣子，然後食指往上指，意指天空，然後說：「沒有水。」

「你務農？沒有水？所以去大馬士革？」我說。

他點了點頭。啊？哦，我猜他的意思是，他來自北部，但因為乾旱，缺乏水源，無法耕種，他要去大城市裡找工作。對話沒有後續我就累得睡著了，醒來時人已經在大馬士革。

很久之後，我讀了一篇關於敘利亞乾旱的文章，才意識到也許那就是壓死駱駝的最後一根稻草。自從二〇〇六年以來，敘利亞就面臨了非常嚴重的乾旱問題，而阿塞德政府並沒有給予人民太多幫助，當地農民必須自己鑿井。乾旱問題持續了多年，一直沒有改善，農民沒辦法種植作物，完全失去謀生能力。二〇一一年，有將近一百萬農民從鄉下到城市尋找工作，但想當然耳，城市裡並沒有那麼多職缺，許多農民都找不到工作，生計問題依然無法解決。

同一年，一群來自敘利亞南部城市——德拉的青少年用噴漆在一面磚牆上寫著「الشعب يريد إسقاط النظام」，那時的突尼西亞正在抗爭與革命，這是他們使用的標語，意即「人民要推翻政府」。沒多久，祕密警察就將那些青少年帶走，甚至燒燙他們的皮膚，拔除他們的指甲。

那幾名青少年來自德拉的權貴家庭，他們的家人聯合當地居民上街抗議，沒多久，其他城市群起效仿，他們手裡拿著「釋放德拉的孩子！」的牌子，在街上示威遊行。這就是內戰的開端。

內戰發生前的四十年，阿塞德政權雖然是相當專制的政府，但也為敘利亞帶來多年的穩定與和平。當人民開始在德拉示威遊行時，國際情勢專家甚至說：「敘利亞的示威不會持續太久，應該也不會為阿塞德政權帶來太多威脅。」當時沒有人認為那是一連串風暴的開端。「那是一場連續五年的乾旱，一百五十萬人民沒有辦法維持生計，數以萬計的農民被迫從鄉村移居到城市，這對社會動亂有絕對的影響。」美國華盛頓氣象學家費米亞（Francesco Femia）說。我們怎麼也沒有想到，氣候變遷也許就是壓死敘利亞的最後一根稻草，當然，後續衍生更多問題與 ISIS 崛起，又是另外一回事了。

如果氣候變遷真的是敘利亞的最後一根稻草，實在無法再說服自己遠方的苦痛與我無關，說什麼幫助難民啊，其實是收拾我們所有人的善後。

二〇二四年十二月，柏林溼冷的冬天，打算出門採買食材煮鍋熱湯，看了看日子，決定繞去城北邊的一個市集，週末時，來自敘利亞的好友會在這裡擺攤，販售一些熱食。我帶了一杯熱咖啡來到他的攤位，看見尼古拉和姊姊兩人擠在手機螢幕前，全神貫注地不知道在觀看什麼。「老闆！這個怎麼賣？」我開玩笑地喊，他抬起頭笑了出來，打了聲招呼後立刻問：「你有看新聞嗎？你知道敘利亞現在怎麼了嗎？」他接過咖啡。「啊……

沒有耶，我最近忙，比較少看新聞。」我有點不好意思地說，做為一個外來者的僥倖，可以選擇把腦中的開關關掉，只要不看新聞，內戰就好像不存在一樣，但對他和姊姊，以及其他流離失所的敘利亞人來說，這就是日常。

「戰爭已經打了十四年，我原本以為再這樣下去沒完沒了，但最近局勢有了突然的轉變，反叛軍在五天之內攻下九成國土，預計今天晚上就會占領首都大馬士革，這樣的話，阿塞德政權也就垮臺了。」尼古拉說。十四年，十四年有家歸不得是什麼感覺？「那接下來會怎麼樣呢？你有什麼打算嗎？」我問。「接下來一定還會是一陣混亂，但至少阿塞德時代終於結束，對我來說已經是很好的消息。」他一邊整理攤位上的商品一邊說：「現在嘛……我想回家看看，對吧？我們回家去看一看吧？阿姨還住在那裡呢。」回頭看了姊姊一眼這樣問。

「嗯，我們回家去吧。」

那是我們要共同面對的事情。

1　伊朗除了一般警察之外，還有便衣祕密警察負責監控民眾，例如女性必須佩戴頭巾，發表言論必須經過審核等。

2　茉莉花為突尼西亞國花，因此稱為茉莉花革命。

土地的記憶

一個下著小雨的傍晚，雨水輕打在陽臺的盆栽上，水珠沿著枝葉滑落，我在廚房煮一壺咖啡，水沸騰時的呼嚕呼嚕聲伴隨著細微的、親密的滴答聲穿插在我和萊拉斷斷續續的對話中。

「這張浮誇的椅子啊……你不覺得嗎?和家裡的其他擺飾、裝潰格格不入，太華麗，太冶豔，太難以駕馭，讓人難以放鬆的椅子。」萊拉昨晚整夜沒睡，眼下掛著兩個深深的黑眼圈，蜷縮在酒紅色的絲絨貴妃椅上，一邊摸著鑲嵌在椅背上的銅扣，邊說著讓人摸不著頭緒的話。「要喝咖啡嗎?」我只能這樣回覆。

萊拉的父母來自羅馬尼亞，當時的華沙公約國家，而她在蘇聯解體、共產主義宣告瓦解後出生，從小聽著長輩說過往的經驗當床邊故事。購物在當時仍然是個模糊的概念，他們不再每個禮拜排隊領取物資，而是提著菜籃，手裡握著小錢包，上街選購今天晚餐的食材和春天的新衣服，那麼新潮。

「那時候，我媽媽最大的夢想，就是買張像這樣的椅子，即使牆壁斑駁，水管不通，她還是想要擁有那種在畫裡才看得到的、洛可可風格的椅子。華麗的、濃豔的、充滿多餘裝飾的、能夠象徵社會地位和財力的……一張絲絨貴妃椅。」萊拉接過那杯我剛煮好的咖啡，「對我來說啊，這張椅子就代表著資本主義。」

幾座遊樂園、電影院和百貨公司等娛樂場所在鐵幕垂降後一個一個出現，對世界宣告著「以前我們不能做的，現在都可以了」。他們通常有著鮮豔的顏色、誇張的裝飾，那麼努力地想要證明些什麼，社交生活與休閒娛樂，我們也可以。波蘭的克拉科夫市附近的一座遊樂園，當年過分飽和的紅黃色招牌被滿滿的鏽覆蓋著，一個小丑人像仍然幾十年如一日地不分晝夜頂著笑臉，五、六張遊樂器材座椅曾經承載了那麼多孩子的笑聲，現在則在陰雨天的風中嘎嘎作響，想不起自己當時被創造的目的。人們過著和其他西歐國家民眾大同小異的生活，當年家裡附近的百貨公司盛大開幕時拍的家族合照被深埋在某個櫃子裡，再也無從找起。

「你會騎腳踏車嗎？」萊拉問，精神似乎好了許多。有一年，萊拉的哥哥把皺巴巴的薪水袋小心翼翼地放在內衣暗袋裡，火車咚噠咚噠地載著煤礦和他迫不及待的心情，他要去一個從未去過的城市，進行一趟偉大的冒險，他要去大城市裡新開的百貨商行，買一輛他夢想中的腳踏車。咚噠咚噠，星期一早上，我要騎著腳踏車去上班，咚噠咚噠，星期六下午，我要載萊拉去吃冰淇淋，咚噠咚噠。他心滿意足地從老闆手中接過腳踏車，在城中央的廣場一邊吹著口哨一邊試著保持平衡，在天黑之前，他把回程車票丟在車站旁的垃圾桶裡，腳踩著當時款式最新穎的坐騎，一路騎回老家。得存點錢幫媽媽買個手提包才行，喀拉喀拉，住在鄉下的奶奶知道蘇維埃政府瓦解代表著什麼嗎？喀拉喀拉，整整六十公里。

「我哥哥教會我騎腳踏車的。」萊拉俐落地把頭髮盤起，「走吧，煙火要開始了。」我們走到多瑙河畔，人們仰望著天空，時不時看看手錶，等

待九點的匈牙利國慶煙火。二次世界大戰時的多瑙河東側，一個個猶太人被槍抵著站在河畔，被逼著脫下在當時被視為昂貴物品的鞋子，砰，砰，砰。藍色多瑙河帶著一具具無名屍體流向黑海。

十幾年前，當代導演為此在布達佩斯的多瑙河畔創作了長達三百公尺的裝置藝術，一雙雙老舊的鞋子，幾年後還靜靜地站在那裡。煙花在空中飛舞，萊拉湊近我的耳邊，我沒聽清楚，她又說了一次，「椅子、腳踏車、鞋子、煙火啦，或者其他什麼的，都是為了要記得嘛。」

記得什麼？我話沒說出口又吞了回去，也許我們是健忘的，總是需要被重複提醒一塊土地的過往，才不至於忘記自己是誰。

流浪與停留

2nd Journey

異鄉人

那是比利時的第二大城市，擁有最多的外來移民人口，中央車站正對面就是與周圍景觀格格不入的中國城拱門，街上的人有著各種膚色，錫克教的男人仍然裹著六尺長的頭巾，猶太教徒依舊在髮際兩側留著捲曲的長髮，偶爾走在路上能聽見店裡傳來中東的音樂，老闆穿著傳統伊斯蘭教的衣服，女人們頭戴圍巾，在每年赫賈里陰曆的第九個月，他們遵守著齋戒月的規矩。他們在電車上翻閱著免費的報紙，在超市裡比較兩樣商品的價格，在公車站傳個簡訊告訴情人自己在路上了，在星期五晚上和朋友在某間小酒吧碰面，趁著 happy hour 結束前趕緊再點一杯。他們笑，他們哭，他們會期盼，也會失望，他們去嘗試，他們去愛，如同這個城市的其他人一般。

那些人的臉孔對我來說永遠是模糊的，我不認識他們，不知道他們的名字，不知道他們在這個歐洲城市做些什麼，但是他們代表著一個文化的移植，一個信仰的傳承，那樣強烈的象徵意義總是異常清晰。我想像他們剛踏上這片土地時，眼神裡有著焦慮與緊張，他們的媽媽一邊嘮叨著「在路上別餓著了」，一邊把一袋又一袋的食物塞進行李箱裡的樣子。行李箱裡滿是牽掛與恐懼，這不是旅行，不是一趟出走，更不是一趟讓人期待的假期。這是與一種生活方式分手的過程，痛不欲生，卻又別無選擇。

星期五晚上，我和朋友坐在一間老舊的小酒館角落，每當門一推開，一陣冷風就會毫不猶豫地灌進來，吧檯後的老闆會向客人點頭示意，在座位上等人的客人也會朝門口瞄一眼，朝著剛到的朋友揮手微笑。晚上十一點多，小酒吧正熱絡了起來，叮啷一聲木門被推開，老闆卻撇過了頭，在座沒有任何人朝他招手，他手裡抱著一大束單朵包裝的玫瑰花，在一堆圓木桌裡徘徊，彎下腰，低下頭。「玫瑰花，有人要買玫瑰花嗎？」他說著不熟悉的語言，聽起來像是濃得化不開卻又無人過問的鄉愁，大多數的人對他揮揮手，示意要他離去，然後又快速地回到朋友的話題裡。我明明手裡握著硬幣，在他到我的桌邊時卻什麼也沒說，只是愣愣地看著他離開，於是他步出酒吧，在寒冷的夜晚走進一團又一團溫暖的暈黃，感受一次又一次的漫不在乎。

我就這樣盯著他的背影，一直到他消失在視線裡，明明這樣的場景在歐洲城市是十分常見的，我卻無法解釋為什麼那個背影揮之不去。我們在啤酒瓶與紅酒杯間談論起上個月有一千一百個非法移民勞工，從北非利比亞偷渡到義大利，過度負載的小船在海面載浮載沉，在一陣暴風雨後，船沉沒了。他們因為被鎖在底層船艙，沒辦法逃生，全數罹難。那樣的故事每天每天都在上演，歐盟不願意派遣救援，因為擔心非法移民會倚仗著救援，變本加厲地偷渡。

他們用一輩子的努力去換一張船票，在輪盤上賭上身上所有的籌碼。每年有三萬人沒有辦法越過那片海，他們當然清楚地了解，出發了，不一定到得了。即使好不容易才能夠踩在義大利、希臘或西班牙的國土上，還得再想盡辦法到其他經濟較好的國家，有些人最終淪為無家者，又或者像那個背影一樣，遊走在酒吧與餐廳間賣花、鑰匙圈等。一些運氣比較好、能夠負擔合法移民的人，也許在異鄉開一家小商店，仍然賣著家鄉的特產，一些我在其他地方找也找不到的異國香料與食材，都藏在那些小店鋪沾滿灰塵的小櫃子裡。

我在小酒吧最繁忙的時候離開，走在回家的路上，街上盡是喝醉了的人群不斷叫囂著，在紅綠燈旁的一間小雜貨店門口，我又看到他了，手上仍然捧著一大束玫瑰花，幾乎和我在幾個小時前看到的一樣多，另一手拿著白麵包，低著頭慢慢咀嚼。

「你想吃薯條嗎？」我忽然走向他問。

「啊？」他有點錯愕。

「你想吃薯條嗎？我想點一份，但是我一個人吃不完，要不要一起吃？」

我沒等他回答，就向老闆點了一份，幾分鐘後把冒著熱氣的薯條遞到他面前，我們站在路邊吃了起來。沒有太多對話，即使我好想問問他的故事，他的家鄉是一個怎麼樣的地方？怎麼輾轉來到這裡？日子都還好嗎？但是對話內容卻怎麼也脫離不了天氣。

「好，那我要回家了，晚安。」我說。

「給你。」他遞來一朵玫瑰花，然後轉身離去。
還是一模一樣的背影，每走一步都讓我心上的那根釘子往裡頭敲進一些。

我在塞內加爾買了一瓶洗髮精

我在塞內加爾買了一瓶大瓶的洗髮精，上一次這樣做的時候是四年前在西奈半島。

四年前夏天的一個晚上，我睡在沙灘上，腳趾頭隱約還能觸碰到海水，腦中想著關於玫瑰與狐狸的故事，還來不及數完流星就掉進夢裡。夜色正黑時醒了過來，眼睛尚未適應黑暗，只聽到海面傳來噗通噗通的聲音，我手拍打著沙地，試著找到不曉得藏在哪裡的火柴，嚓一聲點燃了蠟燭，與此同時，喉嚨發緊，叫不出聲也說不出話。

就在幾公尺之外，三隻海豚正在我面前迴圈跳躍，我直盯盯地看著牠們，發不出一點聲音，只能用手拍拍身旁的人，他們醒了過來，但我們一句話也沒有說，只是靜靜地坐在沙灘上，直到牠們離開。

隔天一早，朋友一邊抓著紊亂的頭髮一邊問我：「昨天晚上，我們是真的有看到……那個東西吧？我的意思是，我不是在做夢吧？」那天下午，我走了兩個多小時的路到小鎮裡，買了一瓶大瓶的洗髮精。

看似多麼稀鬆平常的一件事情，我卻戰戰兢兢地把它看作一件象徵性的決定。

我帶著大瓶洗髮精走回沙漠裡，在陡峭的棧道上遇到的駱駝商人向我打了聲招呼，我又把那瓶洗髮精抓得更緊。等我回到貝都因人的游牧帳篷時，天色已經漸漸黑了。我從袋子裡拿出麵粉，和著水做麵包，每個傍晚都是如此，那樣尋常。若無其事地擀著麵團，假裝不挑起任何情緒地說：

「我決定留下來了，跟你們生活一陣子。」

「明天不走了？」

「嗯，不走了。」

「去把晒在外面的魚乾拿進來吧，那是我們接下來幾天的食物。」

然後，日子就這樣開始了。被太陽晒醒，溫柔地對待一塊麵團，就地取材的捕魚工具，學習對海洋尊重的態度，珍惜每口食物與每滴水，再枕著石頭，蓋著月光入睡。

日復一日。

沒有比較與評論，沒有人在乎你從哪裡來，沒有人覺得你曾經對於世界感到失望是一件大不了的事，沒有人手裡握著你的過去來評斷現在的你，所有稱謂都失去意義。

你是那個喜歡閱讀的人。

你是那個一早醒來就帶著孩子一起做瑜伽的人。

你是那個總是在大家上岸後遞上一杯茶的人。

你是那個只記得別人優點的人。

然後你，是那個在沙漠裡來回走了五個小時，只為了買一瓶洗髮精，把那段總是陷進沙裡的路當作一種準備接受安定與承諾練習的人。

大瓶的洗髮精代表著穩定、停留、深刻的談話與關係。

人們的態度不同了，不再是短暫停留的旅人，和他人的對話從「下禮拜要不要跟我們一起去登山？」「我不確定，不知道下禮拜會在哪裡。」變成「你得學會自己殺魚，你要生活在這裡，就得知道有生命消失來延續你的生命。」

大多數的時候，我在別人的生命中僅是存在於章節與章節之間，從來沒有人預期過我的出現，他們不知道原本的故事會有這樣的一個插曲，我離開又出現之間產生的那段空白是一件理所當然的事，不管在哪個城市，我消失的那段時間對所有人來說都是稀鬆平常的。而我離開之後，他們要不保留那頁，偶爾翻起，或者就這麼把它撕掉，故事仍舊有條理地進行，也不會有人察覺這本書缺少了什麼。留下來，把我推向一個完整的章節，第四章或者第六章，我在他們的故事裡，也許扮演著一個微不足道的角色，但不論怎麼說，我都是在一個完整的章節裡了。

那時候目光盡是遠方，不甘安分，幾個月後的一天，一早醒來突然決定離開。於是擠上一艘貨櫃船，沿著尼羅河，連著其他電器與家具一同運往蘇丹，途經剛獨立的南蘇丹，街上是著火的民宅和逃竄的人群，一片殘破與混亂，徒步走過衣索比亞塞米恩山脈，再到烏干達和剛果邊境的叢林尋找大象和山地大猩猩的蹤跡。

也是同一年夏天，在礫漠裡搭便車前往肯亞。坐上車時還能說笑，幾個小時後卻頭痛劇烈，吃了整排止痛藥還是沒有任何效果，才意識到也許不只是感冒。礫漠中沒有柏油路，一盞路燈也沒有，天黑之後，司機只能停在一個簡易的小棚子過夜，看起來是讓長途司機休息的地方，幾個木箱上放著一片薄木板便是床。從大貨車走到木板床不過幾十公尺，就已經呼吸困難，不管怎麼用力呼吸都吸不到氧氣，幾乎是肯定了，應該是得了瘧疾。

不敢入睡，怕一睡就醒不過來了。第一次清楚地感覺到生命正在流失。清晨四點時，寫了個訊息給媽媽，但手機一格訊號也沒有，躺在木板上，手舉得高高的——一格，拜託，一格就好，我還想道歉，還想說愛你，對不起。那兩天是怎麼度過的，已經不記得了，一輛大貨車，兩個無法溝通的人，貨車櫃上十幾隻牛，駛過大碎石時跟著車子嘎吱嘎吱劇烈晃動，往地平線的那端緩緩前進。好痛苦，好痛苦，不如就這樣昏死吧。

隔天下午，我們停在一個小鎮的藥局門口，藥局的護理師立刻幫我做了檢查，她看著結果蹙起眉頭，說：「你趕快去醫院，現在，現在就去！」果然是瘧疾，世界好像忘了這個疾病。瘧疾在所有西方國家以及其他相對富裕的國家早已消聲匿跡，因此很少有醫療資源再繼續投入消除與治療瘧疾上，但瘧疾在非洲撒哈拉以南還是十分盛行。這塊大陸好像是真空的一樣，與其他地方不相連。

從未與死亡如此靠近，原來在恐懼之後，還有一片無聲的寂靜。在床上躺了幾個禮拜，那段時間裡，感受到生命的不安躁動，還有它的淡泊恬靜，啟程與歸途都是倏忽之間。於是每天醒來後只是寫字，也只能寫字，那是當時唯一能做的事。一定要全部寫下來才行，一個都不能少，如果就這樣離開，這些人的故事就沒有人知道了。既僥倖又幸運，竟因此促成出版第一本書《路過：這個世界教我的事》的緣分，用這樣的方式把那幾年在中東與非洲的日子記錄下來。

康復後，正好是動物大遷徙的季節，幾百萬隻動物在乾季來臨前出發尋找水源。這就是生命吧，這就是生命最原始的樣子，在崖上看著牠們奔向南方時這樣想著。跟著牠們往南，最後到了一座海天連成一線的島，和一位當地的阿姨學了幾道菜。

「你們平常都會使用這麼多香料嗎？」我問。

「是啊，這裡以前是世界香料交易的重鎮，哦，還有奴隸，也是交易奴隸的重鎮。」

她帶我去看了那個曾經交易奴隸的地方，指著一扇門說，那是我們的「不歸之門」（Door of No Return），當年幾十萬被奴役的非洲人走過這扇門上船離開後，再也沒回來了。我不知道該說些什麼，該拍照嗎？該問問題嗎？我猜她已經見過這樣的反應無數次，便試著轉換話題，提議帶我去買點水果，晚點可以打芒果汁來喝。

四年後，我又回到這裡，在海邊的房子租了個小房間，早上去市集買菜，趁著電力穩定時工作，晚上和鄰居去散散步，路上漆黑一片，但大家還是像說好了一樣，一起在涼爽的夜晚帶著樂器來沙灘上集合。整個晚上，沒有什麼告示牌西洋百大金曲，只有他們的歌、他們的舞，一直到破曉。日子有時轟轟烈烈，時而冷冷清清。所以啊，為什麼要回來非洲大陸？我也說不清楚，也許是沒有什麼地方讓人覺得更加謙卑吧。

而我能為它做的，卻只是買一罐洗髮精。

夏天結束後，我因為當局無法控制的傳染疾病迅速蔓延而匆匆地離開了。

我把那罐洗髮精送給住在隔壁的甘比亞女孩，她小心翼翼地放在梳妝臺上，說：「你下次來的時候，就不用帶了。」幾年前我能輕易說出口的「我一定會再回來的！」哽在喉嚨，我是好多年之後，才知道那樣的承諾有多麼殘忍。

而我能為它做的，卻只是買一罐洗髮精，自私地把自己帶進一個章節裡，再頭也不回地離開。

宇宙的神祕節拍

「你有過那種迫切地想要寫字的欲望嗎？我在羅馬，一輛前往卡拉布里亞的火車上，我把筆留在西班牙廣場（Piazza di Spagna）附近的咖啡館了。我走過整個車廂，問每一個人：『請問你有筆可以借我嗎？』大家似乎不寫字了，我問了好多人才借到一支筆。終於可以坐下來，好好寫一封信給你。」我把薄薄的信紙墊在邁斯給我的書上，寫了一封長長的信給他。

我認識他的時候，我們用一整個晚上的時間散步。

「你聽過共時性（Synchronicity）嗎？」我問。

「嗯？榮格的理論？」

「對，有時候你想著一件事情，甚至沒有在想，也許只存在於潛意識，或者是夢裡出現過，早上起來就忘記了。但是現實生活裡卻發生一件事與之相呼應，好像我們與外在世界同步了，走在同一個節拍上。譬如忽然想起一個人，沒多久就立刻接到他的電話那樣的事情。」我接著說。

「當然，每個人都有類似的經驗。怎麼忽然提這件事？」邁斯問。

「我很久之前讀了有關薛丁格的貓（Schrodinger’s cat）的文章，那時候只是單純地覺得一件事情可以同時存在於兩種狀態很美。今天早上，我經過東倫敦的二手書店，買了一本有關量子力學的書，雖然有好多地方我都不懂，但也慢慢地開始看了。幾個小時後，我在朋友家的聚會遇見你，而你跟我說的第一句話是『我是量子力學科學家』，這輩子還沒有遇見任何一個人跟我說『我是科學家』，更不要說是『量子力學科學家』了。我可以簡單地說那只是巧合，但好像又不盡然。」我說。

那個夜晚很長，我們漫無目的地走。在很多場景與對話裡，我都在想著「如果今天早上我買的是一本有關藝術史的書呢？」

我要離開時，邁斯給了我一本村上春樹的《世界末日與冷酷異境》，我帶著它前往義大利。從羅馬到卡拉布里亞的路上一邊寫信一邊翻閱著，等我到達目的地時，已經是深夜了。幾年不見的朋友就站在月臺上等我，我們聊著對方的近況，說著一些只有我們懂的笑話。

「我想去買本書，你要不要一起來？」隔天一早，他敲敲我的房門這麼問。

「好啊，你要買什麼書？我手上的書快看完了，你可以拿去。」我說。

「我在找這本，你聽過嗎？」他遞給我一張揉得爛爛的紙。我接過紙條，上面寫著「Hard-Boiled Wonderland and the End of the World, Haruki Murakami（世界末日與冷酷異境，村上春樹）」，我手伸進包包拿出那本書，我們只是看著對方，一句話也沒有說。

從義大利到德國的路上，我和一位剛認識的朋友站在四號公路上攔便車，沒多久就有一輛廂型車停了下來。

「要去哪？」一位年約五十歲的中年叔叔搖下車窗問。

「柏林。」我說。

他低頭想了一下，說：「柏林啊？好啊，就去柏林。上車吧！」

我們有點驚訝，但還是抓起放在地上的包包上車了。

「你原本打算要去哪裡呀？因為你似乎是在我們說要去柏林之後才決定要去柏林的吧？」一坐上車後，我這麼問。他笑了笑，從前座的紙箱裡拿出一張像是傳單的紙遞給我，上面寫著「卡洛琳，我在找你。今年三月三十一號，我們在科隆的酒吧相遇後，我就一直在找你。」接著列出卡洛琳的一些外表特徵、年紀、工作，從小長大的小鎮等資訊，以及他的聯絡方式。

這個德國叔叔在今年春天遇到了他「夢寐以求」的女人，他們相遇不過短短一晚，在同一間酒吧聽現場表演。他回家後悶悶不樂了幾天，意識到自己當年會步入婚姻多是因為那個相對保守的年代，兩人都承受不住家人不斷催促結婚的壓力，於是順水推舟，兩個環一套著就是二十年。日子算是風平浪靜，但也不算深刻。一個禮拜後，他在廚房餐桌上留了一張寫著「我這時才發現過去幾十年是個錯誤，我必須走了，希望你能找到對的人」的紙條給他老婆。他把所有存款、車子、房子都留下了，只帶著一些生活費，買了一輛二手廂型車，印了好幾千張傳單，出發去找那個叫卡洛琳的女人。他沒有任何聯絡方式，甚至不知道她是不是還居住在科隆，就這樣

開著車到處走，到處發傳單。

下車之後，我和朋友說：「也許他這輩子都不會找到呢……」我猜叔叔心裡也清楚這機率有多麼渺茫。他走在我前頭說：「是啊，但是在這過程中，他會找到需要的東西吧……也許他早就想要改變那一成不變的生活了，卡洛琳只是一個契機，一個能終於下定決心的藉口，最終有沒有找到都無所謂。」

忽然，他停了下來，轉過身說：「那個叔叔的名字是艾德？跟我一樣。」

「對啊，怎麼了嗎？你的名字並不是太少見啊。」我沒停下來，邊走邊說。

「嗯，是沒錯。但是我女朋友就叫卡洛琳，她住在柏林。」他說。

咚嗟嗟。在宇宙的神祕節拍中，那輛車駛進柏林的夜色裡。

焦慮的一代：無法滿足的我們

不知道什麼時候開始，現實與虛擬世界的界線愈來愈模糊，直到密不可分，像是理所當然一般。理性來說，誰不知道人們在社群網路上展現的只是美好，甚至是偽裝的一面，但使用社群媒體時，卻還是不自覺地塑造了一個假想的完美形象、該追求的生活模樣。一個虛構的人設，你在網路上看過所有成功的、知名的、面容姣好的、創造故事與留下故事的人的總和，那就是理想。

我常常覺得我們活在焦慮的時代。

人類有歷史紀錄以來，從來沒有環境變遷得如此快速過，不管是社交或溝通方式，隨時可以聯繫、隨時需要回覆的模式，還是網路上的任何行為，一個留言、一個心符號都能夠被過分解讀。接觸的所有平臺與媒體都要用最快速的方式讓你釋放多巴胺。朋友、情人、職業、生活……總有無限個選擇，於是什麼都拿不定主意，手裡握著一個，眼中又看向另一個。這是選擇的弔詭（Paradox of choise），一旦選擇過多，反而更難以下定決心，且總認為自己選的不是最好的。我們的身體和心理也許還沒有準備好面對這樣的改變。

「你們啊！你們最大的難題就是註定會覺得自己不夠好！」在斯里蘭卡，一個群山環繞的小鎮埃勒，和一對年約五十歲的紐西蘭夫妻同坐在一間咖啡館的露臺上，先生這樣說。

對話是這樣開始的。「不好意思，請問你們有充電器嗎？」我拿著手機晃一晃問他們。「沒有耶，抱歉。不過就算有的話，你的手機應該也不能用。」原來他們還在使用只有撥接電話以及簡訊功能的黑白螢幕手機。一開始，我還以為他們從來沒打算使用智慧型手機，聊了一會兒才發現，查特是個應用程式設計師，別說是手機，許多電腦相關科技都相當了解。

「所有你使用的軟體全都是精心設計過的，我說的可不是視覺設計什麼的，而是在心理層面。社群網路讓人比較與焦慮就不用多說了。但譬如約會軟體，你該不會真的以為他們的目的是讓你找到真愛吧？別開玩笑了，他們又不是什麼慈善組織。它給你一個可以找到那個『對的人』的假象，偶爾讓你配對成功，時而讓你失望，和賭博一樣，要讓你嘗到一點甜頭，才會繼續賭下去。介面的設計上，讓你由最膚淺的三個條件來決定一個人有沒有機會，年齡、長相、工作或就讀學校，只要其中一個條件不符，根本連繼續往下看都不會。而且啊，它讓你覺得選擇總是很多，一個選完還有一個，以這樣的方式來認識人，很難專心經營一段關係，甚至連真誠的對話都很少見。當大家都這樣對待彼此，人們自然會覺得自己是不是不夠好。當然還是有人因此遇到人生伴侶，但大多數人最後只感到倦怠。講難聽點啊，這些軟體的設計根本不希望你找到伴侶，最好永遠都找不到，這樣你就會一直滑手機，甚至付費買會員。」

曾經我也想要積極地經營社群，定時更新內容，但每寫完一篇文章就開始緊盯著觸及率。一次也沒有，真的是一次也沒有，我從來沒有在使用完社群網路後，打從心裡感到踏實與滿足，一次也沒有，真的是一次也沒有。

大多是覺得自己還不夠好，或是認為自己不配得到這樣的讚揚。我不再是為了自己而寫故事，而是譁眾取寵，當寫字變成一件不再讓我快樂的事情，這代價太過高昂，寧願投降。

偶爾會想到作家尼爾・蓋曼（Neil Gaiman），他提到自己有冒牌者症候群（Imposter Syndrome）——覺得自己的成就不過就是運氣好，人們過分抬舉，自己「不配」這樣的讚揚。當讀者問起蓋曼要怎麼面對覺得自己不夠好的焦慮與恐懼，蓋曼給了兩個方向：第一，請閱讀艾美・柯蒂（Amy Cuddy）的著作《姿勢決定你是誰》（*Presence: Bringing Your Boldest Self to Your Biggest Challenges*）。第二個呢，比較算是一個趣聞。

好幾年前，蓋曼被邀請去參加一個盛大的聚會。各個領域如科學、文學、藝術界最傑出的人士都一同出席，蓋曼一直覺得自己不夠格參加這個場合，擔心下一秒就會被那些有偉大成就的人發現他是個冒牌者。聚會的第二個晚上，蓋曼站在大廳後方，看著音樂劇表演，旁邊不遠處有一名年長的男子，他人很好，也很有禮貌，蓋曼便和他閒聊了起來，才發現他們的名字都是尼爾（Neil）。

老尼爾看著大廳裡的人群，說：「我看著這些人的時候，心裡在想『我憑什麼在這裡啊？』這些人可是真的成就過相當偉大的事情，我只不過是去了其他人要我去的地方而已。」

「但是，你是第一個登陸月球的人，我覺得這也是成就吧……」蓋曼說。原來這個伯伯是尼爾・阿姆斯壯（Neil Armstrong）。想到這件事，蓋曼就覺得好多了。如果連阿姆斯壯都覺得自己不夠格、是個冒牌者，那可能大家或多或少都有一點這樣的感覺吧。也許根本沒有什麼「大人物」，只有很努力、很幸運的人。

雖然知道時代總是一個又一個不斷往前推進，改變是必然，但真正被推著走的時候，還是帶著一些焦慮和緊張。明明不久前，像我一樣在九零年代出生長大的千禧一代（Millennials，又稱為Y世代）還被這個社會當作孩子一樣對待，一轉眼，所謂的 Gen Z 已經是整個社群網路的主角，偶爾還拿我們這一代開開玩笑。

做為千禧一代，其實還算是幸運。我們的上一代對網路並不是那麼熟悉，而我們的下一代成長過程中又被網路主導，卡在中間的我們，正好見證網路的興起，以及它如何改變我們的生活，兩個世界的好與壞，心裡大多有個底。小時候，幾個玩伴聚在小公園的空地，黑白切、紅綠燈、閃電布丁，玩膩了還得自己發明新規則，現在的孩子似乎已經不再玩這些遊戲了；太陽下山後，要守著電視看六點整播出的卡通，錯過就沒有了，不像現在可以在任何時間觀看任何想看的影片。

一直到小學三年級，我們開始上第一堂電腦課。那時候的網路世界還是非常單純，大家玩的遊戲就那麼幾個，論壇上討論的話題也就是那些，網路和現實生活的分界還是非常明確。後來盛行的MSN、MySpace、無名小站，網路上「人設」這樣的概念才慢慢出現，也愈來愈依賴網路做為溝通媒介，兩者之間的界線也就愈是模糊。

現在AI的興起，以及大家探討的議題，都讓我想起當時經歷網路崛起的時候，雖然新奇有趣，還有擔憂與適應。那時候，許多人認為網路的盛行會取代很多人的工作，造成大部分人失業。說到這點，總會想到加拿大剛推出ATM時，人們擔心會取代銀行員的工作，讓他們丟了工作，甚至因此上街抗議。

沒想到，網路不僅沒有讓人失業，反而帶來很多我們以前想都沒想過的職缺。畢竟這些科技都是建立在資本主義社會上，而資本主義的本質就是不斷去製造原本不存在的需求與供給，形成「只要再多一點什麼，你就能更快樂」的咒語，不知道該說是慶幸還是可悲；但是別擔心，資本主義不會允許停滯，也不會這樣輕易放過我們。或許還不清楚未來工作模式會變成什麼模樣，但是一定會有新的需求，也會有新的工作出現。輪子上的倉鼠，不管是為了什麼，還是會一直跑下去。

另一個許多人討論的話題是AI會不會變得太過聰明而殲滅人類，從此統治這個世界？電影不都是這樣演的嗎？機器人突然有了意識，將人類趕盡殺絕。我總覺得這樣的劇情是嚇唬大人的恐怖故事，如果AI真要取代人類，應該不會像電影一樣，一群機器人群起消滅人類。這樣的做既浪費時間，又不太符合經濟效益。

假設今天AI真的發展到有自己的意識與情緒，和人類無分別，也像是人類自古以來許多強人政權一樣，覺得統治世界是最重要的事情，在這樣的狀況下，他們最需要的是什麼，才可以達到這個目的呢？

他需要一個媒介，一個載體。

就像 Siri 需要一支手機，所謂的機器人也需要一個載體，它才能夠展現出自己像人類的一面，不然，它可能也只是一個存放在硬碟上未被使用的軟體，無用武之地。

而最好的媒介，我覺得就是你，就是我，就是我們。

與其像是電影一樣，用地球上有限的貴金屬資源去打造一大堆機器人來反抗人類，那未免太浪費了，還不如將人類變得像是機器人一樣，要容易得多。我們有可以思考的腦袋，可以靈活行動的四肢，這都是做為一個載體重要的元素。人類定義自己的方式，我是誰？你是誰？其實都是由我們的行為與過往經驗堆砌而成，而當我們每天的生活與AI密不可分的時候，它就成為我們生命經驗的一部分。我們總是如此擔憂機器人會愈來愈像人類，卻從來不去討論我們是不是會變得更像機器人，實在非常弔詭。

真的要統治人類的話，我猜會是這樣的，你已經不知道沒有AI的話，你會是怎麼樣的人。

而這其實早就已經發生，也正在經歷。如果AI是個類人類的意識，那麼網路也是我們集體意識的一個縮影，網路是有自己的個性與意志的。它喜歡能即刻獲得的滿足，立即的關注，像是電影一樣灑狗血的新聞八卦。也有不喜歡的事情，例如公審和取消文化（Cancel culture），遇到這類情況時會有的反應，其實和人類的意識非常相近。但你可以想像如果沒有網路的話，你會是怎麼樣的人嗎？我們日常生活中會去的地方、花時間相處的人、約會方式、未來嚮往、生活樣貌、思考模式、喜歡或不喜歡的東西，全都會不一樣，既然生命經驗不同，我們人的本質也會不同。那個「我」會是怎麼樣的人呢？

我不知道，我猜多數的人也不知道，網路已經成為我的一部分，就某個層面來說，網路已經統治了我們，而未來，如果要被ＡＩ占領，大概也是類似的模式。沒有空降的鋼鐵機器人拿著槍指著我們，只有一群有血有肉、卻不記得自己曾經是誰的人。

柏林日子／前
我猜是那面
橘紅色牆的緣故

六月底，適合在歐洲城市散步的天氣，和許久不見的朋友約在柏林中央車站，他一手接過我的後背包，給我一個擁抱，那麼靠近，明明在幾分鐘前，我還像是不存在一般，突然間我有了名字，有了來到這裡的意義。我們在巷口的小酒館喝杯咖啡才回到他家，「這間客房給你。」他邊說邊把洗好的床單套在充氣床墊上，將床墊的一邊緊緊依著橘紅色的牆，試圖騰出更多空間。「沒關係，我東西不多。」我將盥洗袋和幾件衣服堆在角落，充氣床墊輕盈得只要一翻身，整張床就跟著移動，咭吱咯吱作響。天一亮，腦袋還來不及反應，盯著橘紅色的牆，花了幾秒鐘時間環顧四周，把周圍的景色與昨天的記憶拼湊起來，終於意識到自己在哪裡，沒有什麼比這樣的早晨更讓人感覺疏離。要多少次移動，才能讓一個人在一早醒來時對身旁的景物感到匪夷所思。

居然就這樣過了五年。得了風溼般隨著季節周期性發作，必須剪斷連續的時間和連續的習慣，必須毫不猶豫地離開，像一只塑膠袋在風中起舞，曲與曲之間的空白都太冗長。當移動已經是再平凡不過的事，還想看看那裡，還想在一個不知名的城市生活一段時間，於是有整整五年時間，我的後背包裡放著幾個容量正好是一百毫升的分裝瓶，包裹在一個透明的夾鏈袋裡，連托運行李都不必，直接帶上飛機，省得落地後再站在行李轉盤前發呆。有幾個晚上，我將蓮蓬頭的水沖進透明分裝瓶裡，搖一搖，試著擠出最後一點洗髮精。都用完了。於是我和人與地方所能相處的時間，恰好是一百毫升。

那天下午，我們坐在一家咖啡館的露天座位，他興奮地談論著太空旅行，每次都是如此，一年見一、兩次面，說說以前的故事，確定自己還在某些人的生活中，我沒有就這樣消失。「啊，等等。」他接起電話，說著我不熟悉的語言。「高中同學約我晚上一起喝一杯，你要一起來嗎？」這麼平凡、隨性的邀約。「我已經很久沒有接過那樣的電話了。」即使在許多城市都有朋友，但我從來都不在「那裡」，與人總是隔著一張車票或一張機票的距離。沒有正面回答他的邀請，我聽起來既羨慕又嫉妒。

「如果你想要屬於一個地方，必須先把自己交託給某個地方，給它時間，讓水果攤販記得你，讓你不必在每次出門時盯著地鐵圖，讓你的離開不再是一件理所當然的事。」他這麼說。

「說起來有點諷刺，我總是告訴別人要去遠方，看看他們怎麼生活，但我自己卻沒有勇氣停留，其實都是一樣的事情，害怕改變。」我說。

離開的路上，我想著要把他說的話寫在筆記本裡，要屬於某個地方，你必須先把自己交託給某個地方。最後卻不了了之，一張廉價機票、一次公路旅行邀約，一個夏天又要過了。我帶著極度輕薄的風衣外套、極度輕薄的帳棚與睡袋，三百公克重的生火煮飯工具，四十二公克重的濾水器，有幾次我十分驕傲地說著「總共不到十公斤，但是幾乎到哪裡都能生活」。想想確實有些可笑，只有對於各種形式的牽絆都感到惶恐、不確定的人，才會為這樣的事感到驕傲。你看，我花十分鐘把東西收一收，明天想去哪裡都可以，你看，我如果想見一個朋友，要先上機票比價網站，你看，我的生活只有十公斤重，一起風時，彷彿會跟著飛走。你看，我以為我屬於任何地方，其實我不屬於任何地方。

那個夏天結束後，我撥了通電話給柏林的朋友。

「我決定要搬去柏林了，我想待下來。」

「怎麼這麼突然？」

我猜是那面橘紅色牆的緣故。

柏林日子／中
藕斷絲連

我記得里斯本的早晨是這樣的，街角的小咖啡館，人們趕著要去哪裡，點了一杯 espresso，站在吧檯旁快速地喝完，抓著公事包便離開。三十七個人。從早上八點到九點，一共是三十七個人。我走近吧檯跟著點了一杯，但我沒有要赴的約，不急著去上班，不用趕下一班地鐵，喝完後又在吧檯旁站了幾分鐘，讓人露出馬腳的餘裕，在一個地方生活這種事果然是模仿不來的。

兩年後的夏天，我搬進柏林東南邊的公寓。

最終還是選擇住在柏林最多移民的一區，有些街區甚至讓人忘了自己身在德國，許多公寓外掛著一個個衛星「小耳朵」，用來接收家鄉的電視臺訊號，一間間土耳其商店裡販售著非德文標示的商品，水煙館裡坐滿了穿著傳統穆斯林服裝的男人，他們說著自己最熟悉的語言，肆無忌憚地放送埃及流行樂。那是一個文化的移植、複製，與當地文化融合後再延伸出的次文化，他們不願意就這麼剪斷與故鄉的連結，而我不甘願就這樣停止移動，還想保有接觸其他文化的機會，優柔寡斷，於是我們選擇住在這裡，一起藕斷絲連。

「吶，給你。」室友亞克一邊拖地一邊遞過一把鑰匙，我的鑰匙。打開房門，四面白牆，空無一物，我用鉛筆在白牆上畫了一個點，旁邊寫著小小的數字1。買床單，買家具，買盥洗用品，買地鐵月票，到市政廳登記地址，辦手機門號，申請居留證。住下來，開始生活是連連看的過程，一個待辦事項一個點，一直到很後來，才能慢慢看見在這裡生活的樣貌。常去一間小酒吧，在超市時可以迅速找到購物清單上的食材，還有時間翻翻特價型錄，走到地鐵站不再需要看地圖，在郵局撞見朋友，還收到了兩張明信片。等我意識到時，已經不再說「我會在這裡待一段時間（I'm staying here for a while）」，而是「我住在這裡（I live here）」，誤上賊船。

從一個五十五公升的後背包到一間滿是家具的房間，最困難的部分居然不是將這些大型家具搬到五樓，而是擁有所帶來的焦慮。只有兩本書和四套衣服的日子自然是容易許多，既然一直以來都靠著一個後背包活得好好的，後背包之外的東西都只是想要而非必要，因此每到週末都將房間掃視一遍，無法忍受任何沒有用處的雜物，即使如此，想要與需要的界線還是愈來愈模糊，卻又不願意承認。擁有愈多便愈煩躁，在物質上還可以盡量提醒自己這點，精神上卻總是貪婪，還想要更多新的經驗與想法，還想要再去更多地方，再與更多人對話。東西丟了不少，對未知的渴望卻絲毫不減，正因如此，有六年的時間無法安定、無法停留，幾乎是病態的渴望。

想起來還是感到有些不習慣。因為在一個地方生活，我在他人的生活中，不再僅止於一個下午的相遇，偶然到日常，原來沒有灰色地帶。於是朋友經過我公寓附近的小酒館時，傳了封訊息問：「要不要下來喝一杯？」於是我開始分享一些平凡的瑣事，幾乎太過親密，在下一秒就要被看穿，回家的路上像是走在懸崖邊，跳或不跳都讓人焦慮。

我從一個又聾又啞的人變成牙牙學語的嬰兒，脣舌還無法適應，笨拙地發一個音，卻又太過驕傲，即使傳達出的訊息非本意也將錯就錯，瞎子摸象一般試著讀著根本沒人注意的標語，不過是聽懂一個字，還為此暗自沾沾自喜。才發現將這座城市稱為家到底是有些荒謬。我與城之間的連結，僅僅是我為它賦予的意義。它總是蠻不在乎。

秋天來臨時，人們開始說起冬天的陰鬱，原來天氣真的是閒聊的話題之一，我無法搭話，身體總是在十五度至三十度的氣候之間，過去六年來沒有經歷過一個冬天。他們像是在談論一個都市傳說，我半信半疑，卻也有些期待。友人開玩笑地說：「到時候你就知道了，你和柏林的熱戀期會在冬天宣告結束。」但我終究不過是個單戀的人，試著融入，試著討好，說著它感興趣的話題，熱戀期還沒來，冬天已經在轉角。

柏林日子／後

一端

一不小心就成了毫不起眼的風景。冰箱裡喝了半瓶的牛奶，扶手椅上堆著的衣服，洗衣桶裡皺成一團的襪子，蠟燭滴在桌上的痕跡。那是日常，是生活，微不足道，又如此必須。日子像是一綑棉線，又細又長，沒有終點，今天、明天、大後天，不會有太多差異，只是一圈一圈又一層一層地纏繞，愈漸扎實，或者捆綁，也許再也離不開。有幾個晚上，我悄悄地在機票比價網站上流連忘返，像是偷情一般，明明沒有計畫著去哪裡，但只要瀏覽器上的頁面還是開著的，我與世界就不是太遠，隨時都能反悔。

家裡附近的車站旁有一間沒有太多裝飾的咖啡館，通往那條街的路上必須經過一座橋，襯著藍天以及火車不斷穿越的鐵軌，我常常想著他們要去哪裡呢？咖啡館裡只有賣咖啡和餅乾，大家像是說好了一樣，穿著十分居家的衣服，我猜我們都稱這個地方為「巷子口那間咖啡館」，等我發現自己有了最習慣的位置和最喜歡的餅乾口味時，已經是好幾個月之後的事了。接近冬天的一個下午，鄰居經過咖啡館時，從窗外看見在角落吃肉桂核桃餅乾的我，弓起食指敲了敲窗，他揮揮手，我也揮揮手，心裡想著卻是：這下沒有退路了。

很幸運的是，有幾個認識了許多年的朋友正巧居住在這座城市，不用自我介紹，不用努力贏得信任，沒有什麼期待，一起喝最便宜的啤酒，聊一些不管過了幾年都說不膩的事情，我們變了好多，我們也一點都沒變。在不同的環境與朋友圈中會表現得些許不同，每個人都是如此，但有時會忘了這回事，尤其當一群人一起聊著一萬公里之外的一間早餐店，或者是阿姆斯特丹東邊的一個市集，還有墨西哥城康得薩區的一間雞尾酒吧時，在不小心多喝了一杯的晚上，搭著地鐵回家，一時分不清下一站是赫爾曼廣場、忠孝復興，還是塞維利亞站，在不同的語言和城市之間遊蕩，沒有時差與物理距離。頭暈目眩，回到家好好地躺在床上時，還問自己這樣算不

算是作弊。

停下來就代表停止探索，曾經如此深信不疑，現在想想還真是膚淺，尋求未知怎麼可能非得透過物理上的移動？有一間固定常去的咖啡館和搭火車到北韓讓人同樣期待，當移動變成日常，停留反而需要極大的勇氣，不過都是相對，你的日常與我的冒險，我那驕傲自恃的地圖與沿路風景和你廚櫃上因為沾了油漬而黏糊糊的玻璃罐，最終不過是同樣的事。

有一天，我突然看見了。

我是這樣相信的，每一座城市都有個像是集體意識一樣的靈魂，當你愈深入了解一座城市，忽然間，沒來由地，你就看見了，而這座城對你的意義從此再也不同。空氣中彷彿有股奇怪的電流，它覆蓋在每棟建築物上，懸浮在每個人的頭頂，從汽車到公車，即將駛離的地鐵，擦身而過的腳踏車，五感所及皆是。於是城有了自己的意志，一個充滿生命力的有機體，將這裡所有人緊緊地繫在一起，一旦你察覺到那股電流，就再也無法與它分開。不管走得再遠，你中有城，城中也有你，難分難捨。

於是停留開啟了另一個維度，在地圖上一動也不動的一個點，持續下陷，愈來愈深，終於生出扎實的根，不斷地向另一端延伸。

黃色警報

從柏林到巴黎是為了工作，說好要待三週的。二〇二〇年三月十六號是禮拜一，一早出門搭地鐵到瑪黑區與工作夥伴碰面，她俐落的襯衫與西裝外套和我的長風衣，一人拿著一杯外帶咖啡，街上各種不同膚色的行人快步行走，前往下一個約定地點。我們一邊談話一邊走過巴士底廣場，我一邊自我陶醉地想著「啊，這就是人們說的 Cosmopolitan（國際大都會感的，世界性的）吧。」那時候以為在巴黎的日子是如此，接下來幾週也都是如此。

工作結束後散步到十三區，這裡有他們說的唐人街，也有許多越南餐廳。即使在歐洲住了幾年，終究還是個亞洲胃，總是想吃點湯湯水水、暖胃的食物。點了碗湯麵，剛坐下就聽見法國總統馬克宏宣布明天起全國將進入封城狀態。事發突然，餐廳的阿姨一邊收拾隔壁桌的碗筷，一邊一愣一愣地盯著電視。一走出餐廳就收到訊息，所有合作計畫都暫時中止了。這樣的話，再待下去也沒什麼意義了。知道自己大概很快就得離開，這是巴黎徹底改變前的一晚，抓緊機會與它道別。晚餐後沒回到短租公寓，而從十三區一路走到十九區。

不過一小時的時間，一踏出那扇門，城市的氛圍已經完全不一樣了。這天之前，法國人，甚至可以說是大部分的歐洲人，都對疫情滿不在乎，直到封城令下，才知道這不是「就是流感而已，緊張什麼啊」！大街上的酒吧擠滿了人，趁著再多點一杯酒，多抽一根菸，多給朋友一個擁抱。一棟公寓大樓外，一對看起來不過十五、六歲的情侶，大概在吃晚飯後和家人含糊地說了一句「我出去一下」，就抓著外套下樓，在大門旁緊緊相擁，依依不捨。地鐵站外一群人聚在一起，年輕氣盛、拓落不羈，一手高舉著酒瓶，一邊喊著「最好的時刻到了！天啟已降臨，這是人類自作自受」！路邊一個女人接起電話，語氣中帶著一種玩笑般的挑釁，「你準備好迎接世界末日了嗎？」一邊散步一邊想著，如果是在臺灣的話，氣氛一定大不相同吧。

在十九區的一個巷子裡，喀啷一聲打開木門，來到朋友工作的酒吧。「我要提早離開了，因為……你知道為什麼嘛，真是突然，走之前想來跟你聲說再見。」我這麼說。旁邊一位常客自顧自地加入話題，拉了張椅子一屁股坐下就說：「你反應過度了！人家說不能出門，你就真的不出門嗎？反正我才不管，我會繼續照著原本的生活步調走。」我知道啊，我知道法國文化很提倡自由，要辯論，要做自己，要勇敢地與眾不同，是，我了解。但現在都什麼時候了？「我其實一點也不在乎你會不會生病，老實說，就算我自己生病好像也沒那麼糟。我在乎的不是我們，而是那些有慢性疾病的老人、有免疫系統問題的人。」話才一說出口，就意識到這是個人主義與集體主義價值的衝突，這也是為什麼，如果同樣是封城前一天，臺北人與巴黎人的反應一定截然不同。

不管是德國柏林，還是荷蘭阿姆斯特丹，兩個熟悉的城市，因為他們的自由風氣與強烈的個人主義，幾年下來，我變成一個愛穿什麼就穿什麼、終於敢自在地在舞池中跳舞的人，沒有什麼「手臂太粗不能穿無袖」。可以在一場對話中清楚地表明自己的論點，也能直接了當地說：「我不同意。」受到不公平的對待，絕對不會悶不吭聲。不斷提問，質疑社會價值，挑戰權威。我變成這樣一個人。

多年前，我讀到一位定居荷蘭的敘利亞移民所寫的詩，一直記得其中一句：「在我來到這片土地之前，我每個句子的開始都是『我們』，而現在，則是以『我』為開頭。」

我同樣來自一個集體主義的社會。我們的思考模式總是以「怎麼做才是對大家最好的」為出發點，不會優先考慮自己的需求，總是在乎他人的觀感。因此，我們常常妥協、常常順從，一旦脫離一個群體，有時會忘記自己是誰。即使在歐洲待了很多年，還是覺得這樣的價值觀仍然存在於部分的我，不是說捨棄就能捨棄。朋友來家裡作客，即使已經十分疲倦，也不好意思催促他們離開。借住朋友家，總是再三確認沒有造成別人的麻煩。因此時常要提醒自己：「不不不，現在重點是你自己，『你』想要什麼？」因為個人主義價值而活得更加自在，很是感謝。但是那天晚上，那種「我才不管別人，我要怎麼樣就怎麼樣」的態度，雖然能夠理解為什麼他會這麼想，還是挑戰了深植在我身上的集體價值。來回拉鋸，沒辦法分出誰對誰錯。

封城後沒多久，法國報紙《Le Courier Picard》刊載了一篇標題為「Alerte jaune」（黃色警報）的頭條新聞，並搭配了一張華裔女子佩戴口罩的照片。「黃色警報」這個詞語是法國一種用來表示天氣災害等情況的警告級別，通常用來警告某些危險或異常情況，現在卻被用來影射亞洲人是危機。儘管報社在短時間內就向大眾道歉，表示無意造成恐慌或者歧視華裔，仍然引起一連串的討論，世界各地的華裔人士紛紛指出他們在各個城市所遭受的歧視，甚至引發肢體衝突事件，「我不是病毒」的 hashtag 以各種語言（#IAmNotaVirus、#IchBinKeinVirus、#JeNeSuiPasUnVirus）在社群網站上出現，仇恨傳遞的速度遠遠快過新冠狀病毒本身。

世界從來不缺乏因無知與恐懼所帶來的仇恨，和朋友提起這些歧視現象時，來自敘利亞的好友開玩笑地說：「自從伊斯蘭國崛起以來，我都不敢背大包包搭車，我這張臉加上這副鬍子，絕對會被認為是自殺炸彈客。」

紮著雷鬼辮子的非裔朋友則提到：「晚上走過柏林的公園時，幾次被警察誤認為毒販而攔下來盤查。」因新冠狀病毒而造成的排華現象之前，這樣的歧視早就存在，這是他們一直以來所面對的現實，我們習以為常，默不吭聲，有時甚至叫囂助陣，現在輪到我們了。

雖說是定居在柏林，但打開筆電後想了想，決定還是回臺灣吧。如果世界即將要天翻地覆，我想和這座島上所有我愛的人在一起。訂下最後一班前往臺北的飛機票後，總算是鬆了一口氣。趕赴機場那天，因為擔心計程車司機一看見我的中文名字就拒絕載客，特地改了應用程式裡的帳戶名稱，選了一個再普通不過的法文名字。坐上車，司機看起來是個摩洛哥裔的大叔。

「你要去哪裡啊？」他問。

「臺灣，要去臺灣。」要下車前，我說：「其實我原本很擔心你看到我的中文名字就不願意載我，還改了帳號名字。」他幫我把後背包拿下車，說「才不會呢」，走進機場，他又在後頭說了一句「一路順風！還有，你不是病毒（Tu n'es pas un virus）」！

像電影情節一樣，機場大廳的告示牌上，從上到下，從左到右，全是一排Cancelled（取消），唯有我要搭乘的航班仍然正常起飛。呼，好險。我要回家，我終於可以回家。

至親與陌生

3rd Journey

陌生人轉身即是遠方／1

想知道卻不知該如何開口的事

對話通常是這樣進行的。

一年冬天從拉丁美洲回臺灣，與好久不見的好友在臺北碰面，我提到在哥倫比亞生活的那段日子。最後她若無其事地問了一句：「所以啊……你一個人在外面，是不是常常有豔遇啊？」我不知道該怎麼回答，只能看著她，思考著自己是不是沉默太久了，讓這段空白變成一種默認。當時心裡想著，也許大家都想問，但怕這樣的問題流於俗套，就乾脆不提了。

「你覺得豔遇的定義是什麼？我可以和你說幾個故事，在別人聽來也許會覺得是浪漫的豔遇，但是只有我們自己知道，不是那麼一回事。」我說。

我每次去機場都是用跑的，為了最後一個擁抱，為了好好記得那些再也不會見到的人的樣子，為了看清楚一棵樹的形狀，為了再吃一口已經連續吃了好幾個月的食物，為了寫下一行字，為了聽完一首歌，我總是在奔跑，總是用著陌生的語言大喊著「我很趕！拜託！」總是成為最後一個登機的人，一直都是這個樣子。

去德國法蘭克福那天，一樣的場景，路上的阿姨對著奔跑的我大喊著「你的鞋帶掉了！」「謝謝！但是我趕不上飛機了！」然後頭也不回地繼續跑，到辦理登機手續的櫃檯時，只有我和另一個乘客在櫃檯前。地勤人員皺著眉頭看著我說：「抱歉，這班飛機超售，你可能必須搭下一班。」其實我並不是那麼在意，但是幾分鐘之後，她又抬起頭來跟我說：「沒關係，我們幫你升級艙等，你一樣可以搭上這班飛機。」

坐定之後，才發現身旁坐著的是剛剛也在櫃檯的那個人。他微笑，我們起初一句話也沒有說。忘記是怎麼開始的，但起飛之後五分鐘，我們開始閒聊。我們喜歡一樣的音樂和電影，熱愛潛水，在同一年走過一樣的國家，當時雖然不相識，但彼此住在相隔不到幾百公尺的地方。明明幾分鐘前我們還是陌生人，卻讓空服人員數次來提醒談話音量太大了。

幾個小時後飛機降落，我必須再等待七小時銜接前往法蘭克福的飛機，我們走到轉機和入境的交岔口，他說：「你有七小時，跟我一起到市中心走走吧，帶你看看我生活的城市。」「好啊。」然後一起走向入境口。

我們在那個徹夜不眠的城市走走停停，與路人攀談，停下來吃點東西，看著人群走過。

「差不多該走了。」我拿起包包，試著把那句話說得從容不迫，其實我們都知道，已經沒有時間了，再不走就來不及了。我們走出餐廳，攔了一輛計程車，在我手握住門把時，他問：「你要不多留幾天吧？我姊姊在旅行社工作，可以再幫你訂機票。」

我搖搖頭上車，我們沒有留下聯絡方式。到了機場，領了登機證，坐在靠窗的位置。想起那個騎著摩托車從歐洲跨過整個非洲大陸的人說：「溝通變成太廉價的事了。因為有了網路，我們好像不用真的說再見了。我們以為有了對方的電子信箱，就有一天會再見面，但是我們都知道那是多麼微小的機率，交換那些數字和字母只是想讓再見容易一些罷了。」

有一年冬天，我在哥倫比亞南部的一個機場，所有大眾交通工具都已經停駛，因此決定在機場過夜。曾經在同一間潛水店工作的崔夏傳了訊息給我，問我現在人在哪裡。當我在鍵盤上打出那個城市的名稱送出之後，得到的回應是「真的嗎?!我也是」。

雖然覺得十分湊巧，但又有些理所當然地接受這樣的事實。我們約了隔天一早在公車站見面，一起吃早餐。崔夏還是穿著一樣的T-shirt，一樣的髮型，只是膚色黝黑了許多。我們聊著當時認識的一群人在一個小漁村裡做了多少蠢事，餓著肚子一起洗潛水裝備的傍晚，我和當地魚販殺價的樣子，還有這段時間以來都在做些什麼，有什麼發現與想法，認識了怎麼樣的自己。

「所以，你接下來要去哪裡呢？」她問。

「搭巴士去厄瓜多。」

「這樣子啊，厄瓜多應該是我唯一沒去過的拉丁美洲國家。」

「那要一起去嗎？」我開玩笑地問，根本沒想過她會答應。

「好啊。」她幾乎是想也沒想地回答。

我們買了公車票，搭了下一班前往厄瓜多邊境的公車。在那趟一天一夜的巴士路途上，她跟我說了小時候奶奶常煮的燉雜菜是什麼味道，我和她分享一首好長一段時間沒有辦法再聽到的歌。我們也發現彼此會在一個月之後的同一天，搭著同一班飛機，從祕魯利馬飛往紐約。所有偶然都是由奇蹟般的機率組成。

我不知道那是不是所謂的豔遇。那是超越性別與種族，遇見一個來自不同成長背景的人，卻有著相似想法的驚訝，那是一種不需要時間培養就有的默契，那是一個不帶任何偏見與預設立場的對話，那是不需要被貼上任何社會標籤的相處，那是彼此都知道這樣的巧合有多難得的認知。

「你懂我在說什麼嗎？我可以再說更多的人和更多的事，但是除了情節、場景和人物的變換，本質都是相同的。」我們仍然坐在臺北的咖啡館，分針已經轉了一圈。

「我想我知道你的意思了。」

那些關於你想知道卻不知該如何開口的事。

148

149

飯桌到舌尖，就是回鄉最近的距離

十幾二十年前，外婆生了場大病，久病痊癒後，行動仍然不是很方便，而外公已經不在了，她的所有子女都在異鄉打拚，於是家人、親戚們決定為她請一名看護，除了打理生活起居，也有個人作伴。

來自印尼的雅蒂就這樣帶著兩個大行李箱搬到雲林鄉下一個小村落，除了語言隔閡，當時網路並不普及，光是要打通電話回家，得先買張國際電話卡，再打一支轉接專線，然後輸入家裡電話號碼。嘟嘟嘟，嘟嘟嘟，心繫著蘇門答臘島上那間小房子，中間隔著幾千公里的海底電纜，我想像邊桌上一個老舊的電話筒，總得等上許久才會跟著鈴鈴鈴。

離散（Diaspora）一字的字根源自於古希臘文中的 diasperien，dia 表示

「跨越」，sperien則指「散播種子」。最初是指西元前六世紀耶路撒冷淪陷後，猶太人流離失所，不得不流亡他鄉。他們最終沒有回到心中的聖地，在世界的各個角落做為異鄉人。此一詞沿用至今，意為流散、散居，多帶有政治或經濟因素的涵義。而飲食與離散經驗是密不可分的，遷徙時，到不到得了都不知道，能帶著走的東西就這麼多了，但就算文化、物質上被掠奪，至少味覺和嗅覺記憶已在身體裡生了根，別人拿不走的。

同樣的族群，臺灣也有許多，除了像雅蒂這樣的外籍移工，還有一九四五年至一九五〇年間，因國共內戰，由中國遷往臺灣的一百多萬軍人。他們來臺後形成了眷村文化，在柴火燒得熱烈的廚房裡，來自中國各地的料理，加上當地的食材，最後逐漸成為臺灣飲食文化的一部分。幾年前，為了向外國朋友介紹臺灣美食，一查才知道臺灣著名的牛肉麵就是這麼來的。說的也是，過往臺灣農業社會中，食用牛肉甚至是種禁忌，臺灣人吃牛肉的歷史其實並不長。在眷村時代，老兵想念家鄉四川口味，川味牛肉麵便是由成都川菜「小碗紅湯牛肉」演變而來。這道菜原本沒有麵，湯頭由豆瓣醬、花椒、八角等燉煮而成。說是不道地，但也許是希望透過這樣拼拼湊湊的過程，有一天總能填補起那灣海峽，於是看見回家的路。原以為只是暫時落腳，誰知道一晃眼就是一輩子，牛肉麵也變成隨處可見的招牌臺灣菜。

一九八七年臺灣解嚴之後，許多來自東南亞的女性因通婚而移居臺灣，其中以越南籍為大宗。記得小學四年級時，班上有個女同學的媽媽正是來自越南。雖然平常穿著制服、吃著營養午餐的時候並沒感覺有什麼不同，但每次把鐵飯盒蓋起來之後，她又會從便當袋裡拿出媽媽準備的小點心，在我的印象中顏色總是鮮豔。有一次，她和我分享了綠色的蛋糕，長大後終於有機會造訪越南，才知道那是很常見的甜點班蘭糕（Banh Bo Nuong）。

這些新移民從家中廚房開始，慢慢地改變臺灣的飲食文化。餐桌不只是吃飯的地方，還是最常見的社交場域，隨著新移民人口漸增，一群想家的人自然聚在一起吃飯、一邊說著熟悉的語言。先是煮給家人、朋友吃，最後乾脆開間小吃店吧！他們為了符合臺灣人的口味而做出一些調整，加了汆燙韭菜和豆芽的河粉湯、用九層塔炒的打拋豬，那是文化的挪移、融合，甚至是錯置，最後長成自己獨特的樣貌。直到今天，到處都能看到臺式東南亞餐廳，南薑、香茅、羅望果等也很容易購得，一些大城市的幾個街區，更被稱為小曼谷、小印尼、小緬甸。

仔細想想，這些變化是多麼快速，二十年前的臺灣對這些料理還不是那麼熟悉。雅蒂第一次和外婆來臺北拜訪親戚時，我們不知道她愛吃什麼，便帶她去自助餐包幾樣菜。明明只是再普通不過的自助餐，她卻非常開心。她說，在印尼，當地餐館也是這樣把一道一道菜裝在小鐵盆裡，想吃什麼夾什麼。很多年以後，我才知道那就是巴東料理中很常見的巴東飯（Nasi Padang），雖然烹調方式與食材很不相同，但形式上與臺灣的自助餐便當菜非常相似。

她想念家鄉菜，在臺北的超市買了幾盒椰奶要帶回外婆家煮咖哩。那時候，即使是在臺北，都不像現在一樣有許多印尼商店可以買道地的調味料、食材，更不用說是外婆家那樣的鄉下地方了。菜市場能找到什麼就用什麼，冰箱裡的剩菜、櫃子上的瓶瓶罐罐調味料，全部湊合著用，做做樣子也好，也許吃起來根本不怎麼樣，甚至味道完全沾不上邊，那也沒關係，反正，她想的並不是家鄉菜，想的是家。

那間小房子還在五千公里之外，這個月的薪水還得預留電話卡的錢，但飯桌到舌尖，就是回鄉最近的距離。

陌生人轉身即是遠方／2

深夜的巴賽隆納機場

嚓！嚓！嚓！

深夜的巴賽隆納機場外空無一人，幾輛閒置的推車凌亂地堆放在人門口，市區公車早已過了末班時間，站牌旁的金屬板凳很是冰涼。那個中年男子穿著剪裁合身的西裝走出出境大廳，一手提著銀色硬殼行李箱，嘴上叼著手捲的菸，頭微微傾斜著，拇指快速滾動打火機點火器的聲音顯得十分急躁。他深吸一口後便滿意地坐下，我們各據板凳一方，與他擦得發亮的行李箱和我吊著睡袋的破舊後背包並坐一排。

「旅行嗎？」他問，雙眼直直地看著空曠的車道。

「對，要回家了，一早的飛機。」

「真好，我正要離開，出差。」

他從菸盒裡拿出一包菸草和捲菸紙，熟練地抓出正好適量的菸草，不一會兒就捲了兩根香菸，點燃一根後將另一根遞給我。偷來的時間──我這麼想著。遞上一根菸就像是遞上一張個人空間的邀請函，兩個人一起抽菸的那幾分鐘是和宇宙偷來的時間，不存在於日常生活的二十四小時中，它藏在秒與秒、分與分之間，私密又不容許介入，快速地展開又在菸熄滅之後有默契地宣告結束。這樣私密的邀請，即使平常不抽菸，還是回應了。

「土耳其東部的菸草，很特別吧？也許你分不出差異，但這是我十幾年前去土耳其旅行時的回憶。你知道最能喚起人類記憶的感官是嗅覺嗎？很神奇地，每當我聞到這個菸草的味道，幾乎能感受到當時的心情，開著一輛小貨車越過土耳其東部的高山，手握著方向盤的感覺。」他自顧自地說著，仍然看著空無一物的車道，與其說是向別人述說一個故事，更像是對自己說。

「我第一次抽菸也是在土耳其呢。嗅覺記憶嗎？我在奧斯陸的室友──尤理，在他奶奶過世後再也不吃蘋果派了，肉桂和蘋果的味道讓他想起小時候在奶奶家生活的日子、後院的蘋果樹和週末一起烤蘋果派的時光。」

「我也帶上了在奶奶家生活的時光。」他敲了敲行李箱，「她住在西班牙的鄉下，我們幾個孩子都在國外工作，倫敦、洛杉磯、新加坡、莫斯科，沒有離開過西班牙的她甚至對這些地名十分陌生。每次我們回去探望她，她都會為每個人準備自製的果醬和醃製物，各個玻璃罐上都貼著名字，裝在精美的紙袋裡。『這樣不管你在哪裡都能吃到家的味道。』她總是這麼說。」

「也許那是我們有時候特別想念某樣食物的原因，其實並不是食物本身，而是它能喚起的場景。」

每次吃到細心處理過的四季豆，都能看見媽媽坐在電視機前，邊看連續劇邊為四季豆去筋的模樣。我想嗅覺記憶最迷人的地方在於偶然、在於出乎意料，匆匆趕去上班的路上、擁擠的捷運裡，一個陌生人的香水味又甚至是早餐店的油煙味，毫無選擇地想起一個日子或是一個人，但高高堆起的記憶片段很快地又在忙碌的生活中散落一地。

他扳開登機箱的扣環，拿出一個皺巴巴的紙袋裝著的小玻璃罐，「我奶

奶的蔓越莓果醬，給你。」他遞過來之後隨即關上登機箱，我連他的名字都不知道，他又快步地走回出境大廳。

「再見啦！路易！」我對著他的背影喊。「Para Luis（給路易）」，紙袋上這麼寫著。

我們之間的距離

四面白牆，我要在這個房間裡待三百三十六個小時，一分也不能少，一步也不准出。二〇二〇年三月，在巴黎好不容易搭上最後一班往臺北的飛機。臺灣的防疫做得滴水不漏，手機綁定位置後，就開始十四天的居家隔離。

像是活在一個真空的空間裡，無法感覺到時間的流逝，只能用饑餓的感覺來衡量時間。媽會將煮好的飯菜放在推車上再敲敲門，我等個一分鐘，確認她離開後，打開門，快速地把推車拉進來，進食，把所有摸過的餐具與推車用酒精消毒一遍，再把推車推出去。每一餐都是如此。

即使預先列了一長串的電影清單和影集做為消遣，總會有腦袋安靜下來的時候。那時候全世界都不知道接下來會如何，我總是焦慮，覺得自己一定是被感染了，只要一點咳嗽或者頭痛，就想著糟糕了，糟糕了。隔離期間與媽媽溝通都是隔著門喊話，因為不安與恐懼，又只能待在五坪大的空間裡，有時愈說愈大聲，甚至歇斯底里地吼著：「你不要再幫我準備東西了！叫外賣送就好！我會害你生病！我不可以害你生病！」但她怎麼聽得進去，就算真的得了電視上每天都在報導的傳染病，還是自己生的孩子。於是每天一個勉強一個推辭，一個逼迫一個將就。

隔離結束後，可以說是大學畢業後第一次和媽媽一起生活。我們之間一直存在這樣的相處模式，只要是她覺得好的東西，即使已經婉拒無數次，還是由不得你，不管是精神上還是物質上都是如此。曾和幾個人說過，我好害怕人家跟我說「我是為你好」，因為這代表著我不再有話語權，不管我的感受如何都不會被採納。時不時都得拉高音量，用盡全力，只有這樣說話才終於願意聽進去。但這種抱怨和別人提起來，只會像是不知好歹的孩子，畢竟她為我做的那些「為我好」的事情，也許是許多人會十分欣羡的。

我當然知道這段關係有一些結要解開，在過去就算看見了它的必須性，還是可以用「可是我下個月就要離開臺灣了」來推託，只要每次不停留太久，就可以一直延宕下去。直到世界完全停擺，才不得不好好處理。一起出門時，只要電話一響，她接起電話就按擴音，一說又停不下來。或者是一起去泡溫泉，她也不顧禁止飲食的標示就剝起橘子和泡茶。雖然都是小事，但我常常因此覺得「不好意思」，然後再因為自己感到不好意思而愧疚。

「你以為你是誰啊？只是多讀一點書、去過幾個地方，就可以用高高在上的姿態來評論人了？你媽就是一個雲林農家長大的孩子，這麼努力才有今天的生活，你居然還敢這麼想？」我偶爾會這樣跟自己說。而且啊，我終究還是她的女兒，就算曾經試著不要複製一些特質，最後還是在自己身上看到「那個樣子」，不管逃得再遠都擺脫不了。

我非常喜歡米蘭・昆德拉的《生命中不能承受之輕》（*Nesnesitelná lehkost bytí*）。書中有些篇幅描寫其中一位主角特雷莎對母親的複雜情感，愛、羞愧與逃避。她對母親不顧社會禮節與眾人眼光感到羞愧，但也因此覺得內疚，認為這樣的想法違背了做女兒的本分，因著矛盾與自我懷疑，跑到布拉格追求另一種生活。她既是母親的延伸，卻又極力想否認這點。但除了特雷莎的情緒，我的另一層歉疚是拿著二十世紀經典文學作品，一本媽媽聽都沒聽過的書來比照，顯得更加矯揉造作又自以為是。

有一次，我躺在床上看電影，一個她聽不懂的語言，她不能理解我在笑什麼、緊張什麼，經過時，隨口問了「你在看什麼？」「這個喔，就是……」雖然已經告誡過自己不要說出「跟你講你應該也不知道啦」這種話，但口氣就是如此，騙不了人。那天晚上，我隔著房門聽見她打開客廳的電視，平常愛看八點檔的她，突然拿起遙控器轉到西洋電影臺，也不知道前面到底演了些什麼，就看了起來。

她好努力，她已經這麼努力了。

把手邊的事情丟下，快步走到客廳的沙發上坐下。「媽，你以前不是在紡織廠當女工嗎？怎麼有辦法做到組長，後來還自己出來開加工廠？」在那個年代，一個女人打拚出一番事業更不容易，但她好勝心強，就算一個晚上只睡五小時也沒關係。她晚婚，甚至考慮過不婚，這些在當時都不是常見的人生狀態。她開始說起了自己從雲林鄉下到臺北工作的日子，和朋友合租一間雅房，一天突然想喝一碗綠豆湯，沒有廚房，只好蹲在地上用電鍋煮，卻被房東太太發現了，說是浪費電，唸了她好久。於是她告訴自己一定要存錢買一間房子，一間她愛煮多少綠豆湯就煮多少綠豆湯的房子。

她說得引人入勝，表情豐富，抑揚頓挫，我好像可以看到她蹲在那裡用大同電鍋煮綠豆湯。把電視關掉後，我問：「要不要去公園散步？」「好啊。」然後一起走到家裡附近的小公園，走一圈也不過兩分鐘，但我們就一直繞圈，我一直問問題，她一直說故事。經過公園一角時，她突然大聲地說：「啊！就是這裡啦！你小二的時候我去校門口接你，結果都等不到你，我騎著摩托車沿著這條街來回找，這麼絕望，結果一彎來到這個轉角，你居然跟你表姊在那邊和香腸伯玩十八啦，吃得整臉都沾滿了醬汁。」忍不住笑了出來，八歲的我就站在那裡，一手拿著香腸、一手拿著骰子，一副一定要贏的樣子。

真的有這麼不同嗎？她成為我媽媽之前，也是一個有故事與情感鮮明的個體，一個勇敢的女人。尤其是看到她說故事的樣子，實在是沒什麼兩樣。

回家的路上再繞去我的國小走走，看到街上新開的店說著「這裡以前不是中藥行嗎？」之類的話。因為我們都是很珍惜回憶的人啊。

陌生人轉身即是遠方／3

星星碎片

「我們還會再見面嗎？」

我們認識的是時候是夏天，原本打算一起去看一場展覽，但經過一間看起來十分舒適的咖啡館時，想著還是先喝一杯吧，反正中午太陽正烈。因為角落一臺黑膠唱機，他開始說起父親的故事，小時候一起在家裡聽巴哈的日子。於是我也告訴他從未向他人說過的事，當對象是陌生人時總是容易得多。

我最早的記憶、最深的恐懼與不安全感、難過時聽哪一張專輯、曾說過的謊、後悔的事，有什麼事情能夠讓我想得整夜不眠。兩人不過二十出頭歲，即使同樣在旅行，生命經驗又能有多少，但當時幾乎是把人生至此所有故事都說過一遍。從一杯果汁一直到晚餐，再次確認時間時，已經是晚上九點，咖啡店要打烊了。

走去車站的路上，他把其中一隻耳機遞給我，是巴哈。

「我們還會再見面嗎？」埃利問。

「會吧。不然告訴我一個時間和地點。」

「那……明年的今天，七月三十一號，中午十二點，在伊斯坦堡的博斯普魯斯大橋。」我沒有想到他真的會提出一個具體計畫。

「好，到時候見。」便分別往不同方向的月臺走去。

伊斯坦堡位於土耳其最西端，正好座落在亞洲與歐洲的分界線上，博斯普魯斯大橋連接著兩塊大陸，中間隔著極為狹窄的博斯普魯斯海峽。隔年七月三十一號，我從亞洲這端走向歐洲那端，他站在橋頭等著。看吧，我說過我們還會再見面的。

說是燦爛，但當時顧不著現實，只懂得浪漫，留下來或者跟我走，說什麼都要求一個結果，終是玉石俱焚。等意識到不是每一個透徹的對話都一定要無限地延伸下去，也不是每一個深刻的連結都必須昇華為更深一層的關係時，已經是幾年後的事情。

一年冬天尾聲，我來到他居住的城市。點了第二杯紅酒後，埃利推開玻璃門走進來。那是在我終於能好好地呼吸之後，好久好久之後。他說：「我以為再也不會見到你了。」「都讓你猜到的話，就不好玩了。」從最近喜歡的氣味到地緣政治，再到伊朗旅行，又一次，我們讓店員前來告訴我們：「不好意思，我們要打烊了。」

要離開的前一天，他突然問了一句：「要不要切洋蔥？」「要。」於是我們回到他家廚房，站在中島木桌前，用盡全身力氣地將一顆洋蔥剝皮、切絲，再剁得細碎，然後抱在一起大哭一場。哭得像是在沙漠中唯一的一場雨，連哭泣都任性得不得了，硬是要擠出最後一丁點水。太陽接著下山了，應該說，我們不斷地對話，沒有注意到太陽已經下山了，在那個總是充滿陽光的房子裡，沒開燈，我看不清楚他的臉，他說：「我們完全沒有聯絡的那段時間裡，有的時候，我覺得自己在一個完全沒有光亮的空間裡，有些害怕，不知道該如何是好。但是，不管那裡有多暗，都覺得我們背對著背倚靠著，即使看不到也聽不到，但是我知道你就在那裡。」而後他送我去車站，但這一次，我們沒有說好下一次什麼時候見面。回到短暫停留的公寓，躺在床上盯著天花板想著，也許人們對於「結果」的定義都太過狹隘。

那個晚上，櫻花在一夜之間開了，猛一抬頭還以為是雪。隔壁住著一個獨居老人，從來沒有人正面看過他的臉，他領著政府的無業及無親屬補助度日，一個月八百二十歐元，從早上六點到凌晨三點，他坐在一張搖椅上，每天聽著同一個廣播節目，窗簾半掩，還能看得到他閉上眼。唯一能看到他離開家門的時刻是每週有那麼幾次，他披上頭巾，塗上口紅，腳踩著高跟鞋，打扮得像個女人，在深夜裡偷偷摸摸地出門，再躡手躡腳地回家，打開收音機，繼續聽著同一臺廣播節目，日復一日，年復一年。

書店旁邊那間紅酒吧，老闆娘的兒子一次又一次地被退學，最後在電影院當售票員，交了個女朋友，日子看似風平浪靜，但得到爺爺的部分遺產後，他便把工作辭去，揮霍無度，不久後又回到室如懸磬的日子。老闆娘從來沒有放棄過他，默默地經營著紅酒吧，在兒子需要的時候及時出現。這間小酒吧入不敷出，每天都能看到醉醺醺的老闆娘開著一瓶又一瓶的紅酒，沒有人知道她怎麼有辦法持續經營下去。

那個大學教授娶了當年紅極一時的芭蕾名伶，她像一束煙花般在極短的時間內發光發熱，又迅速地燃燒殆盡，之後的人生都在輪椅上度過。大學教授照顧了她好多年，每天早上將她抱到輪椅上，一起出門散步，睡前再把她抱回床上，在額頭輕輕親吻。接著套上外套走下樓，來到隔壁的紅酒吧，跟老闆娘買下當天店裡所有的紅酒，他們絕口不談人生，大多時候，聊的是文藝復興時期的建築。

這是發生在那座城市某個角落的故事，無人感到惋惜，無人感到哀痛，不會被這個世代的人記得，電車上的人們依然面無表情，任由它發生、延續、燃燒、頹敗，然後結束得像是一朵吹散的蒲公英，再也無從找起。

離開那個城之後，我走了很多路，去了很遠的地方，看了繁華與頹敗，感受了愛與冷漠，在極光下喝酒跳舞，然後在一個再平凡不過的早晨，沒來由地，我想起幾年前，埃利在山丘上跟我說：「在宇宙最開始的時候，只有氫和氦，沒有鐵，沒有碳，沒有氧，沒有任何維持生命所需的物質。氫與氦在重力的影響之下彼此碰撞，它們形成了巨大的團塊，因為裡頭巨大的壓力，那些原子碰撞結合成更重、更大的原子，然後它們變成了星星。核子融合，你知道嗎？」

我只是一直看著他。

「然後，在燃料耗盡之後，猛烈爆炸，變成超新星，幾百萬年之後，它們在一陣強光中消逝，那些碎片散布在宇宙裡。就這樣，一次又一次，在數不盡的時間裡，宇宙有了足夠的碎片去形成一個星球。地球是這樣誕生的。」

還是一句話也說不出來。

「所以啊，我們都是由星星的碎片做成的哦。」他說。

我們走下山丘，當時的天空、空氣裡的味道、他說話的樣子，還有下山時臺階上的一朵花，變成一條細細長長的絲線，我有時候忘記它的存在，但是它在多年之後，仍然帶領我前往無盡的瘋狂與倔強。

對遺憾沒輒的人

爸爸在我剛上大學時因病離開，他要走的前一週，特地打了通電話給我，問起這個週末要不要回家？那時候才剛搬出去，體會到從來沒有過的自由，哪聽得進去，隨便找個理由唐塞，明明沒有什麼特別的計畫，還是寧願留在宿舍。一個禮拜後他就走了。為什麼不回家？你是有什麼毛病？你那個週末到底為什麼不回家?!就這樣不斷地責備自己，好長好長一段時間，直到最近幾年才開始嘗試原諒自己。

自知是個對遺憾沒輒的人，一碰到這個情緒就投降，於是不願意再重蹈覆轍，試著盡快回覆媽媽傳的每個訊息，每次吵得呲牙裂嘴後總覺得後悔和不安，完蛋了，幾十年後我一定會想起今天，然後再苛責自己幾十年。

一方面覺得自己氣得合情合理、有憑有據，另一方面也知道母親不是故意的，她已經就所知盡全力地了解我了。如此來回拉扯，十幾年。每次道歉，多少是因為害怕自己在未來有更多遺憾，說來也有些自私。

我和媽媽開始拍照。我們家很少合照，尤其是以前還沒有智慧型手機的時候，但現在拍照如此容易，不這麼做實在說不過去。去公園散步的時候，買菜的時候，吃飯的時候，一張不夠那就拍十張。媽媽說起她年輕時的故事時，偷偷錄音，即使已經聽了無數次，只要開口提問，又會發現新的細節與支線故事。還有這麼重要的一環，怎麼可以忘記？食物與氣味。一直很後悔沒有記下爸爸紅燒魚的食譜，再也無法復刻一樣的味道，這可不能再發生。媽媽的薑母鴨、麻油雞、螃蟹羹等所有拿手好菜，食材、步驟一個個記下來，一個都不能少。過去覺得很麻煩而省去的程序，現在可馬虎不得，豆芽菜一定得一根根去頭去尾，雪裡紅要仔細清洗乾淨再醃製。甚至架起腳架拍攝她邊做菜邊解說的影片，薑要怎麼拍，蒜要放多少，全部上傳到雲端備份。

每當有記憶的片段浮現，深怕它溜走，就趕緊抓著媽媽問。我們小時候常常去吃的那家意麵攤在哪裡？偶爾來家裡泡茶的那個叔叔叫什麼？家裡以前牆上掛的那幅畫收到哪裡去了？第一間幼稚園名字叫什麼去了？四歲差點走失那一次是怎麼回家的？只要想到有多少故事會因為一個人的離去而不再被提起，就變得斤斤計較。我的，全都是我的，我都要記得，一點都不允許漏掉。

一起去菜市場，媽總不會跳過水果攤，一邊抱怨最近芭樂有多貴，一邊撕下一個紅白塑膠袋開始挑選起來。芭樂就是要這樣表面凹凸不平才好吃，木瓜要選個頭小的，蘋果一定要跟巷子尾那個阿姨買。那西瓜呢？怎麼挑西瓜？那就要拿起來敲兩下，聲音飽滿清脆代表水分多，如果是悶悶的聲音那可不行。「你這麼愛吃西瓜，跟你爸一模一樣。」她常常這樣說。

住在一起當然得分擔家事，但洗衣服這件事我可是完全放著不管，回到家衣服一脫丟進洗衣籃裡，就沒我的事了。做為一個母親，這個標籤不是說撕掉就能撕掉，即使我這樣好強，常常想證明自己也做得到，還是得有一、兩件事讓媽媽繼續扮演媽媽的角色。

「你看，我把這個領口洗得乾乾淨淨，原本沾到粉底液了，現在白白亮亮哦。」

「真的耶，好厲害哦，我光是用洗衣機都洗不掉。」

媽不會開車，有一回我們一起去臺南辦點事情，出了高鐵站之後發現還有好幾十公里。「來啦，我載你。」於是打開手機租了一輛路邊的共享汽車，直接導航到目的地。她不知道現在的科技已經讓生活變得如此便利，也不懂這到底是怎麼運作的，只是像孩子一樣驚呼，嘖嘖稱奇。「你不用管那麼多，坐著就好了，我來處理。」要下交流道時，她忽然說：「小時候都是我騎著摩托車載你，現在換你載我了。我覺得啊……怎麼說呢……」她好像想不到適合的詞彙，沉默了一會兒。

「我知道啦，媽，我知道。」下車後，我拿出手機鎖上車門，又是一個她不懂的魔術。以後還要一直用新把戲來嚇嚇你，然後再載你很多次，很多次。

陌生人轉身即是遠方／4

難到人生不會再……

說是什麼偉大冒險，騙騙他人也許還說得過去，但心裡很清楚，並不是每次遠行都這樣浪漫。會去巴拿馬，全是因為自己無法處理眼前的悲傷，厭倦總在同個時間點哭泣，除此之外沒有其他原因了。其實去哪都無所謂，只要沒有觸景傷情的可能性，任何地方都可以，說到底就只是逃跑罷了。

前往巴拿馬城的前一晚，手指不小心被刀口輕輕地劃過，小小的缺口慢慢地被染紅，凝結成一顆鮮紅透亮的水珠，它因著表面張力而漲得飽滿，只要輕輕一抖，就呼嚕呼嚕地滑過。

一顆鮮紅透亮的血珠，就這樣滑過世界一圈。

寬敞的街道兩側盡是棕櫚樹，望出去便是太平洋，海鷗與白雲。但只要一個不小心，再蔚藍的海都是憂傷，任何景色都能傷情。那段日子裡空氣中總有一絲絲的鹹味，無法入睡，也不願入睡，別無選擇。有時候，在日常生活中會莫名地突然喪失與人溝通的能力。「我必須躲起來，現在就必須躲起來。」鼻子一酸，身體捲曲，瑟縮，用盡全身力氣才能得到一口氧氣，像一塊被擰乾的抹布，彷彿再多擠出一滴水，就能被收進保鮮罐裡永遠保存。

那個冬天不是太好過。

巴西女孩說，那是一個適合忘記一切煩惱的地方。於是搭了船到加勒比海的小島，待在一間漂浮於水上的木屋，月圓的晚上，海很平靜，海水同月光一般清澈。門外放著震耳欲聾的西洋流行樂，人們身體貼著身體，廉價的酒精、大麻和菸草，混合著嘔吐物的氣味蔓延，廁所裡有著窸窸窣窣的聲音，也許正拆開保險套的包裝，或者一個夾鏈袋裡的古柯鹼。剛抵達的愛爾蘭人遞來一杯自由古巴，明明一點也不想喝，還是接了過來。

盯著人群到出神，到底是為了什麼呢？我們為什麼在這裡？再多一秒都無法忍受，再多一秒就會因為太討厭自己而昏死。如果非得在無波無瀾與多愁善感之間做選擇，毫無疑問地是後者。隔天一早走出房門，地上散落著紙杯與酒瓶。像是全世界唯一醒著的人，加勒比海的水一樣藍，天空仍然透明，在地平線揉合成一片。有一點慶幸，自己仍然是誠實的。

然後，為了省下幾十塊美金，選擇用那樣的方式從中美洲跨到南美洲，一輛不知道要開往哪裡的公車，一架只載了四個人的輕型飛機低空飛過叢林，一艘在海面載浮載沉的小船，一個沒有人的渡口，再全身溼漉漉地踏上一個沒有連外道路的漁村，拿著護照狼狽地走到派出所，告訴值班人員「我到了」。

和阿根廷女孩迪娜一起租了一間公寓，我們摸黑在漁村裡遊蕩，買了幾條麵包與一袋水果，在點了蠟燭的房間裡吃。隔天一早，下了一場能驚醒世界的雨，整個宇宙只剩下雨聲。一動也不動，無法動彈，連起床開始新的一天都像是最困難的事。

因為那個冬天，真的不是太好過。

「你不能再這樣了，改變，現在就改變。」沒人那樣說，但我就是聽到了。離開，改變，現在就要。彈下床快速地收拾床頭櫃上的物品，把防水套套上後背包，在暴雨裡一路奔跑到碼頭。一天唯一的一班船已經客滿了。

「如果有人因為天候狀況不良而不搭船了，我再跟你說。」售票人員說。

「好。」

那雨像是下了幾千年，在未來的幾千年也都會如此。遠遠地看到迪娜跑來，說：「你怎麼什麼都沒說就走了？給我聯絡方式吧。希望可以再見到你。」她從口袋裡掏出一張皺巴巴的紙，因為雨水早就糊成一團，寫下那些英文字母和數字的同時，他們說船上有一個空位。她把那張紙收進口袋，然後在碼頭揮揮手，「路上小心。」

雨依然不停，不停地下著。遠方灰濛濛的一片，打起了雷，強勁的風從四面八方而來。浪把整艘船高高撐起，再重重地落下，有人哭了出來。

「你會怕嗎？沒事，別擔心。」坐在左邊的男人說。

「沒有，我很好。」邊說邊把後背包抱得緊緊的。

我們有一搭沒一搭地說話，大部分的時候都只是「沒事的，一定會沒事的」。對別人說，也對自己說。不知道過了多久，浪漸漸平緩，烏雲散去，船上的女孩也不再哭泣了。

「有機會到紐約的話，來找我們吧，我和我太太很歡迎你。你有手機嗎？把我的電話記下來。」

「有，但在包包最底層，風雨太大了，我把它藏在塑膠袋裡。」

他摸摸背包後側的口袋，掏出一張明信片，在上面寫下電話號碼與電子信箱，接過之後，便在碼頭分開。買了一瓶水後坐上公車，在噗噗地發動之後，掏出那張寫著號碼的明信片，翻過來一看，另一面手寫的字跡寫著

「When did life stop surprising you?!」

難道人生不會再為你帶來驚喜了嗎？

從那一刻開始，你重獲自由。

生命與死亡

4th Journey

184

185

我們已經在太空裡了

十年前的我對世界政治與局勢幾乎一無所知，在什麼都不了解的情況下去了中東，正好是阿拉伯之春，革命開始的那年。與其說是勇敢，更多的是無知，對於眼前正在快速發生、改變的事情毫無頭緒，總是在隔天看了衛報和半島電臺才意識到自己見證了歷史上重要的一刻。

西奈半島是連接中東與非洲的橋梁，從以色列跨過邊境到那裡時，我只覺得好累，無法再這樣繃緊神經地走下去了，於是在紅海岸上的一個小鎮待了下來，日子很慢，每天早上去潛水店報到，下午清洗完裝備後再坐在岸邊看著太陽下山。那個夏天我認識了一群很溫暖的人，他們帶我騎著駱駝走過棧道，在沙漠裡和貝都因人一起生活，他們唱歌、跳舞，在沙灘上烤火，設網捕魚，想洗澡就跳進海裡，頭髮總是混著晒乾的鹽，枕著石頭入眠。他們談論著宇宙、生命、死亡、科學、哲學，或者什麼也不說，靜靜地坐著，日復一日。

離開後的十年間，我回去了好幾次，每次回去那裡都變得不太一樣，上次回去時，以前那個沒有水、沒有電的海灘蓋了幾間小房子，架起了水塔，海水不再那麼藍。說不失望是騙人的，但清楚地知道這些游牧民族也有權利過著更便利的生活，我這個一、兩年回來一次的外來者，不能自私地希望他們一直保持原始的生活樣貌。果然如此，世界上唯一不變的事情就是改變，即使那座山和那片海沒變，一起度過那些日子的人也已經離開，那個夏天像過站不停的特快車駛離，那群人變成社群網路上的一個名字，很少聯絡，遠遠地看著彼此的生活，我們變了好多。

那些曾經對於社會與體制感到憤怒，說什麼也要逃走的人，最終承認了自己的矛盾，漸漸找到平衡，一個個找到自己的方向，做著喜歡的事情。最讓我驚訝的轉變是當年那個推我上駱駝的他，我以為他再也無法在體制中生活了。離開西奈幾年後，葛斯遇到了讓他想停留下來的伴侶，還在郊區買了棟房子，即使不常聯絡，仍然為他感到開心。

一、兩年前，我看到他們在歐洲旅行的照片，一個離我不遠的城市，我立刻與他聯繫，希望有機會能碰面喝個咖啡。他興奮地說著如果能碰面就太好了，已經過了七、八年了呢！但他們隔天就要飛離歐洲了，我因為工作無法當天立刻跳上火車去見他們，最後還是錯過了。下次吧，下次來一定先聯絡你，他這樣說。

他們的兒子在上個月出生，葛斯開心地在社群網路上分享當爸爸的喜悅，我看著那張緊緊地裹在毛巾裡的小生命照片想著：你一定會成為一個很棒的人，你的爸爸如此溫暖、真實，他會讓你看見人與人之間的連結能夠多麼美好，讓你在充滿愛和寬容的家庭長大。

他已經走進人生下個篇章，如此期待著接下來的故事將如何發展。但幾個禮拜前，我得知他死於一場火災的消息，當時他一個人在家，伴侶和剛出生幾個禮拜的兒子還在醫院。這就是我們所處的時代，從社群網路得知一個人離開，毫無預警地，夾雜在八卦新聞和食物照片之間，幾乎是一種諷刺。又如何呢？哪個名人外遇、哪間餐廳看起來很好吃又如何呢？他已經不在這個既荒謬又美好的世界了。又如何呢？他的兒子沒有機會認識爸爸，我更無法想像他的伴侶正經歷著怎樣的痛苦。

葛斯離開後，我不斷想起十年前在西奈半島時，一個月圓的晚上。我們潛進海裡，手腳一揮，水中的藻類微生物便跟著發光，看著牠們游過身旁，一條條銀河系就在眼前展開，我們像孩子一樣在水裡手舞足蹈。因為在水中感受不到重力，在太空中就是這樣的感覺吧，那時候是這麼想的，我們就在太空裡。我看著他們笑了出來，原來在水中也能笑出聲來，一直到十年後，仍然認為那是我人生中最快樂的時刻之一，不是因為得到任何物質東西或非物質的肯定與成就，僅僅是存在著，此時此刻於這個現實中，感到滿足與感激，所謂的 bliss（極樂、至喜）似乎就是如此。

我從來沒有告訴他，謝謝他把我推上駱駝，與我一起分享了生命中最快樂的時刻之一。謝謝在大家聊天的過程中問了我許多問題，讓我學會辯論，在哲學、社會議題、地緣政治等議題上都能說點什麼，做為我開始了解中東情勢的開端。一個在六百萬人口城市長大的臺灣女生，學會抓魚，學會怎麼不用金錢生活，讓我知道即使在未來，當我意識到體制只會讓人失望，永遠都有選擇離開的權利。下次吧，下次吧。總是覺得還有下次，於是留著話沒說，這樣老套的劇碼到底要上演幾次才學得會？

過去一、兩年，我看著三個年紀相仿的朋友相繼離開，許多沒來得及說的話，唯一的安慰是我知道他們這輩子去了一直想去的地方，走得很遠，留下很多故事。即使在離開後還是繼續影響著我，要成為一個更坦誠的人，該說的話要說出口，該道歉時不能輸給自己的驕傲。每個煩躁地按掉鬧鐘的平凡早晨，多在被窩裡躺兩分鐘，也能覺得活著還不錯。

生命真的很荒謬吧。我們到底為什麼在這裡？為什麼在一片無限虛無中有一個充滿生命的藍色星球？為什麼要這麼努力地推著巨石？明明做為西西弗斯是一件看似沒有意義又辛苦的事情，為什麼還是這麼想要尋找繼續走下去的意義？

幾年前，一個吃安眠藥混合酒精自殺未遂的朋友被送到醫院洗胃，我和另外一個朋友趕到醫院，又生氣又心疼，忍不住拿枕頭丟她。你憑什麼想要丟下我們啊?!你以為我看不到活著有很多矛盾嗎？你以為我不知道生而為人，這種需要被接納、被愛、被肯定，不斷尋找意義的渴望，幾乎像是一種詛咒，是很辛苦的嗎？你憑什麼啊?!

她邊掉眼淚邊說：「救護車來載我的時候，我已經意識模糊，覺得自己真的會死，已經來不及了。從家裡大門到救護車上只有短短幾秒，我躺在擔架上看到藍色的天空，想著『啊，我會想念陽光灑在臉上的感覺』。」我抓著她的手一起哭到鼻涕都流出來了，像個笨蛋一樣。後來我在搭公車和火車時，都刻意挑選可以照到陽光的位置，把頭靠在窗上，像貓一樣瞇起眼。存在不需要意義吧？它本身就是意義。

十年前那個晚上，我們從一片漆黑的海水中出來時，我一邊擦乾頭髮一邊興奮地說：「我們剛剛在太空！好像在宇宙中飛來飛去一樣！」葛斯看著夜空說：「我們已經在宇宙裡了啊，只是平常生活的時候常常忘記這件事而已，我們本來就站在一個藍色的星球上，在宇宙裡飛來飛去，雖然我也不知道為什麼我們會在這裡，但是只要能像剛剛那樣在海裡跳舞，其實也不需要知道原因吧。」

既然你已經不在這裡了，那就拜託你在宇宙其他地方找到一個比那個沙灘更適合烤火、露營的地點，先派你去探探路好了。我們先在這裡晒晒太陽，之後再去找你，不准偷懶喔。

加勒比海，瑪琳，和她的貓

大約八、九年前，我在南美洲哥倫比亞的北部，加勒比海岸邊的小鎮度過一個靜謐的夏天。過往不過是個默默無名的小漁村，後來因著絕佳的海底景觀而讓世界各地的潛水者慕名而來，雖然路上有不少外國臉孔，但與最近的城市還隔著幾座山頭，仍然保有純樸的鄉間氛圍。

原本只打算停留幾天，卻因為每天上岸後又和潛水店的老闆和員工閒話家常幾句，而幸運地得到在潛水店打工換宿的機會，順理成章地待了下來。早上工作前，我會去巷子口的小餐館喝杯咖啡。真要說的話，那裡的咖啡只是普普通通，但鎮上就這麼幾處能喝到現煮咖啡的地方，門邊放著幾張簡陋的桌椅，一坐下望眼所及都是加勒比海的藍。

通常在八點左右，一位留著俐落短髮的大姐會來點一杯黑咖啡，坐在最右邊的位置。幾個禮拜下來，從一開始禮貌性地問好，漸漸變成同坐一張桌子，有時聊些生活上的瑣事，偶爾則是更深刻的對話。

她是瑪琳，認識那年她剛滿六十歲，來自挪威，一雙眼睛像海水一般湛藍，說起故事時也跟著潮起潮落。她的先生在前一年罹癌，當時他們正計畫著退休後搬到挪威南部沿海的鄉下，喜歡釣魚的他能買艘小船，喜歡園藝的她能有塊地種種花草，聽起來明明是簡單的生活，終究卻無法達成。診斷結果出爐後不過短短幾個月，他就說了再見。

「一切都發生得太突然，他離開後，我剛起床還是想為他泡杯咖啡，才忽然想起他已經不在了。每天日常都與他息息相關，為了療傷，只好打破原本的生活習慣。也許是逃避，我訂了張機票，一句西班牙文也不會說，就來到了拉丁美洲。半年前，我遇到一位來自挪威南部的女孩，她說這裡讓她想起從小長大的小鎮，光是憑著這點，我隔天立刻搭了十二個小時的公車過來。預付了半個月的房費，想感受在海邊生活的模樣。然而後來決定定居，則是因為巴奇托（Barquito）。」

巴奇托是瑪琳的貓，剛到這裡時，牠天天在她用早餐時蹭蹭她的腳，討點食物吃。吃完還賴著不走，躺下和瑪琳一起看海。

「我嚮往的正是那樣的寧靜，一起看海、生活，互相陪伴。」瑪琳沒多想就收養了牠，租了間有後院的房子，種種花和香料。還少了什麼呢？一艘小船嗎？於是她取了巴奇托這個名字，西班牙文 Barquito 意為小船。

她跟我說了這個故事後，我一直想邀請她搭上店裡的小船，看看加勒比海的海底風景。她先是怕造成大家的困擾而推辭，經不住我三番兩次地提起，一天早上，她喝完咖啡後跟我一起搭上船。那是她第一次在加勒比海浮潛，她像孩子一樣興奮，儘管身邊的人年紀都小她好幾輪，她完全融入其中，一起跳水，在甲板上喝啤酒。

隔天早上，瑪琳沒有來喝咖啡，我猜她是太累了。到了傍晚，她來到潛水店，焦急地問大家有沒有看到巴奇托。原來昨天瑪琳回去後，發現巴奇托不在家，本來沒多想，畢竟牠以前不是家貓，常常到處閒晃，只要有回家吃飯就好，卻遲遲等不到。這麼小的地方，即使是出了什麼意外，至少也有一點跡象，但那天之後，沒有人再見過巴奇托的蹤影。

有一段時間，我覺得十分內疚，要是那天我沒有約她去浮潛，也許巴奇托不會離開家。像是贖罪一樣，再次見到瑪琳時，我接連說了好幾次對不起。

「你不要太自責，我的人生中沒有所謂的『要是當時……』這種事。所有發生的事情都是最好的事情，也是唯一能發生的事情。」她看似輕描淡寫，幾乎毫無痛楚，卻也不像是逞強。

「即使人生能重來，我也不會希望我丈夫能早點診斷出癌症。他是很容易焦慮的人，要是早期就知道，他一定沒辦法好好過日子。正因為不知道自己即將離去，他晚年才能享受生活。與其和病魔搏鬥多年，這反而是最好的結果。」

她接著說：「巴奇托讓我意識到追求自己理想的生活沒有年齡限制，哪怕伴侶不在，我也能過著滿足的日子。」

之後的幾年，每當有懊悔，我都會想到這件事。提醒自己若老是以「要是當初……」做為思考的開端，那就是痛苦的根源。而且那樣的想法實在太自傲了，好像我們早知道生命的劇本應該怎麼發展才是最好的。

夏天結束後，我到瑪琳家和她道別。她在後院除草，我們互相擁抱，彼此都知道之後也許不會再見面了。走出她家門時，她看出我的捨不得，抓起我的手，說：「終曲和序曲都是同一首歌哦。」

關上門，看見巴奇托的碗仍在門口。真的是如此，要是瑪琳的先生沒有過世，她也不會遇見巴奇托，進而過著現在的生活。一段關係不一定要一起走到終點才是修成正果，正因為時間有限，無畏地愛人才更有意義。

所有終曲，都是下一部序曲的前章。

小飛象的神奇羽毛

「你看過電影《小飛象》嗎?小老鼠提姆將烏鴉的羽毛給了丹寶,告訴牠:『這是神奇的羽毛,可以讓任何動物自由地飛翔。』丹寶再也不怕了,牠從高處跳下,就此飛了起來。」丹勒騎著腳踏車,在同條路上來回騎了二十公里,只為了找回一條手鍊。

「那條手鍊對我來說就是丹寶的羽毛。那是我第一次獨自旅行,在摩洛哥遇見一個貝都因男人,他讓我知道關於生活、關於自由、關於人類善良與真誠的所有可能性。他把手鍊戴在我的手上時告訴我:『這會給你力量,帶你去很遠的地方。』這麼多年它從來沒有離身過,但今天早上我把它弄丟了。」他一邊說,眼睛一邊緊盯著沿路的草地與樹叢。

丹勒幾年前買了一艘船，從此之後的日子都生活在船上。即使在倫敦這樣的大城市裡，仍然過著簡單從容的生活。冬天時，他按時將木塊送進火爐裡，以度過陰冷而漫長的冬天，夏天時，仔細地將冬季綿綿細雨養出的鏽清理乾淨，再把船重新漆一次。我好像沒有問過他為何選擇這樣的生活方式，看起來本該如此。

「我以前也有一條這樣的腳鍊，是第一次去沙漠的時候，貝都因人給我的。有一次我在潛水時掉在海裡了。甚至還想回去找，即使知道根本是不可能的事情。」他繼續用手拍打著草地尋找手鍊，「當然，我再也沒有找到那條腳鍊，兩年後我回到那裡，告訴朋友我不小心把腳鍊弄丟了。結果他用食指和拇指在我的腳腕上圈了一圈，扎實地掐了一下，『這樣子不會弄丟了。』」

他將腳踏車調頭，「走吧，不找了，我們買瓶紅酒回船上。」回去的路上，我想起幾個人。

一個住在東倫敦的藝術家。某個早上他睡過頭了，快速地沖了澡，手裡抓著一根香蕉就衝出家門。他拍了拍口袋，沒有，外套口袋？還是沒有。

最後甚至抓起整件短褲的褲襠前後搖晃，但一點聲音也沒有。這時候，他的室友跑了出來，對著他大喊：「你的錢包！留在桌上！」他鬆了一口氣接了過來，笑得露出牙齒，問我：「你有看過三十五歲的男人還用魔鬼氈的皮夾嗎？」那個皮夾已經看不出原本的顏色，魔鬼氈黏滿了棉絮、一開一合時會發出嚓嚓嚓的聲音。我沒回話，他又接著說：「這是我十六歲時的女朋友送給我的，用了十九年。」

然後，是那個頂著龐克頭的男人瑞克。他待過幾個樂團，有時候會聽古典樂。總是不拘小節，遇到惱人的事情就說一聲「Fuck it」，然後繼續蠻不在乎地過日子。他買袋裝的紅酒，一次就買三公升，放在廚房的流理臺旁，常常懶得拿紅酒杯，直接拿水杯就喝了起來。他拿著盛滿紅酒的杯子從廚房走到客廳，有時會有一些紅酒濺到地板上，尤其是喝醉的時候，他會盯著地上的一大灘紅酒漬兩秒，然後什麼也不做，一點也不在意地走向客廳沙發。

我們當時都住在奧斯陸，有許多共同朋友，週末時，大家會聚在一起煮晚餐、喝啤酒。那個晚上，瑞克提議去市中心看他朋友的表演。實際表演內容是什麼早就不記得了，回到瑞克家時已經是半夜三、四點，連洗澡都沒有力氣，一群人在沙發上就睡著了。

隔天一早，大家還在刷牙、洗臉時，瑞克就開始煮咖啡，四個杯子整齊地擺在餐桌上，等寬等距，甚至還用了杯墊。我揉了揉眼睛後坐下，正打算端起一杯咖啡，他立刻制止，說：「最左邊那杯是我的，那是我專用的杯子。」好吧，我又拿起另外一個杯子，看著那個「瑞克專用的杯子」，一個幾乎已經磨損到看不出圖案的杯子，上面只剩下史努比形狀的外框。瑞克坐下來，前文不接下文，突然說起他小時候哥哥帶他一起去南部城市克里斯提安桑露營，那時候他十五歲。「你要好好照顧自己啊。」在營地的第一個晚上，哥哥突然抓著他的肩膀這樣說。隔天一早，一群警察出現在他們帳篷前，告訴他哥哥在車站附近臥軌自殺。

我不知道該怎麼回應，沒想到這會是我一早醒來聽到的第一個故事。但他好像早就習慣了大家的面面相覷，又自顧自地拿起了那個「瑞克專用的杯子」說：「這是我哥哥帶去露營的杯子，他留下來的杯子。」

沒多久，大夥走進廚房，抱怨著頭痛宿醉，他又回到那個蠻不正經的瑞克。早餐後，我把所有咖啡杯放在水槽裡，那個史努比的杯子有著又深又沉的咖啡漬。我想像他每天、每天都堅持用這個杯子喝咖啡，一天一天養成一圈又一圈濃得化不開的悲傷。但他別無選擇，除此之外還能怎麼紀念一個人。

「但人類的情感是美麗的吧？即使是痛楚，也是我們賴以為生的養分。」我洗著瑞克專用杯，又看見自己手腕上父親名字的刺青，忍不住這樣說。

「沒錯。」背後的他這麼回答。

只要想到世界上有多少這樣乘載了無以名狀情感的物品，拉扯著每個人的情緒，即使是輕如羽毛的一個物件，一旦消失了，就可以不費吹灰之力地將一個人毀滅得徹底，就覺得有些心痛又有些慶幸。我們終究是無法拋棄這樣的生命經驗，任由它在你脆弱的時候撒野，在你堅強的時候扎根，任性地長成身體的一部分，由不得你。

手術臺與起士貝果

因為迷信與忌諱，家裡從來不談論死亡。小學時學「死」這個字時，要在生字練習本上寫五次，媽媽看著皺了下眉頭，卻也不能多說什麼。車牌號碼不能有四，手機號碼不能有四，飛機航班號碼最好也不要有四，一不小心提到這個字，像是滾燙的熱水澆在皮膚上一樣，突然手一縮、用力跳了起來。呸呸呸！呸呸呸！

明明已經這麼努力地避免，卻沒有因此離死亡更遙遠。

十多年前一個下午，在手術室外盯著螢幕，爸爸的名字中間那個字是個圈，那麼疏離。「家屬請至手術室」，耳鳴刺穿腦袋，一片空白。手術室裡充滿了血液、體液和內臟的味道，一直到現在我還是把那個氣味與死亡連結在一起，無菌手術衣的顏色與手術臺冰冷的材質，既鮮明尖銳又模糊失焦，一個清晰的片段又連著一段記憶空白。在精神不太好的時候又或者多喝了一杯的晚上，一想起那個氣味都是一陣乾嘔。那是死亡的味道，那一定就是死亡的味道。

「爸爸可能撐不過今天晚上了。」他們說。我唯一能做的就只是離開現場，凌晨的醫院幾乎空無一人，鞋底與光亮地板碰撞的聲音在掛號大廳迴盪，走得又快又急，卻根本不知道要往哪裡去。沒有宗教信仰的人也開始祈禱，要是能撐過這一關，我願意吃素；要是能撐過這一關，我願意每週做義工；要是能撐過這一關，我願意……一直反覆呢喃到最後，原來我願意付出所有。另一端卻毫無回應。要是能夠一起走出醫院，讓他在涼椅上看電視，按按腳，問他：「明天早上要不要吃饅頭？還是稀飯？」再收一收桌上的剩菜就可以準備睡覺了，都沒事了。那就再好不過了。但誰希罕我的所有。

然後，像電影一樣，逼——一條筆直的綠線。

那時候還不像現在，一起床就拍打著床沿找手機，床的正前方掛著鬱金香造型的鐘，下方連著一塊俗氣的水晶，來回旋轉，滴答滴答。在半睡半醒時讀出時間，一邊想著昨晚的夢，思考還能賴床多久。但那樣的早晨由不得你，以為只是做了一場惡夢，好險啊。幾秒鐘後才意識到這就是現實，反覆演練幾次都無法承受的現實。不如就這樣一直睡下去，再也不要醒來，夢魘與現實的界線愈來愈模糊，無須選擇，清醒與沉睡，起身或崩塌，都是極大的、難以下嚥的苦，愈是乾嘔愈是往下沉淪。

買了起士貝果和無糖豆漿，便利商店裡的特價組合，吃起來和昨天的味道一模一樣，身處的現實卻已經天翻地覆，不過就是二十四小時，這怎麼可能。根本食不下嚥，但這是我唯一能理解的事情了，這個口味是唯一不變的事情，這是我與他還在的昨天僅剩的唯一連結，於是說什麼都得吞下去。

那之後的一段時間，我害怕家裡電話鈴聲響起，擔心聽到電話那頭問：「爸爸在家嗎？叫他聽一下。」於是就得再說明一次，再確認一次。對，他已經離開了，對，怎麼會這樣？對，上個月才一起吃飯，對，很突然，對。好像每說出口一次，就更加沒有轉圜的餘地。再也不會回來了。

也會避免任何談論到家人的場合，所有得主動提起「我爸爸已經不在了」的狀況。但防不勝防，和剛認識的朋友一起打桌球，他偏偏要一邊揮拍一邊說：「我小時候和我爸打桌球，他都會假裝輸給我，長大之後才知道他根本超厲害，以前是校隊。」參加讀書會，明明在談論一本關於公路旅行的書，偏偏有人要說起「作者和他爸爸……」，被戳到痛處惱羞成怒，假裝要上廁所，假裝有人來電，立刻離開現場，邊走還邊怪這個世界太針對我。

我以為一個人死去後，大家會記得這個人這輩子做過了什麼事情。但大多數的時候，都是一些小細節。一個人的笑聲，說口頭禪的語氣，走路的樣子，最喜歡的食物，愛聽的歌，於是由不得你，任何旋律與氣味都有可能被提醒，或者是在一個出奇不意的場合，想著「如果他在的話一定會說……」，我才知道自己過去有多麼不會安慰人，盡是說一些他人早就知道的話。但痛苦從來都不是因為不懂得那些道理，明明了解了還是做不到，那你還要我怎麼樣？

十多年後，那個貝果和那瓶豆漿還在市面上，有時候還是會買來吃，對於他們更改了配方還是不太能諒解。有時候會賭氣，覺得這種食物可以在市面上這麼久，而他居然已經不在了。這樣沒有道理的賭氣也延伸在許多物品上，父親用過的皮夾、摺疊手機、房間裡的藤編置物櫃，這些不重要的東西竟然都好好地存在著，太不公平了。又或者在一件多年沒穿的冬季大衣口袋裡摸出一張發票，一張很久以前的發票，那時候他還在啊。才發現自己對於「很久以前」的定義是在父親離開前，而「這幾年」則是在他離開後。再仔細研究那張發票，正好是他離開前幾個禮拜，那天買了什麼？是怎麼樣的心情？那天的我是如何對於他即將要離去這件事毫不知情，那樣毫無痛楚地活著。

「爸，停一下便利商店，我要買早餐。」我猜那時候是這樣子的吧。這麼久之後，我還是記得他每次聽到我這麼說之後，就會立刻打出方向燈，那個噠噠噠聲。

療傷原來是這麼一回事

許多年後我才知道，人類的記憶是多麼不可靠，尤其是面對無法承受的回憶時。在腦海裡反覆訴說一樣的故事，每次都不經意地修改了一些細節，直到它變成一個比較能夠被接受的版本。

一個下午我躺在床上，電風扇嗡嗡地轉。媽媽正和朋友閒話家常，家裡有個歐巴桑這樣充滿活力的角色其實也很好，在電話中大嗓門地討論菜價、新聞、膽固醇指數、預約電頭毛的時間，有時候是街坊鄰居的小道消息和八卦，窸窸窣窣，轟隆轟隆。

但那個下午，母親安靜了起來。小心翼翼、躡手躡腳地提起這件事，我猜她不想讓躺在房間的我聽見，但歐巴桑是沒有祕密的，即使試著用氣音說話，我還是聽見了。她說著父親離開的經過，醫生對我們說過的話、手術過程，以及怎麼處理後事。我忍不住坐了起來，她口中的故事聽起來居然那樣陌生，甚至像是別人的故事，但我們明明一起經歷了這一切，明明同樣都無法忘記那些沉重得不得了的枝微末節，這怎麼可能。我開始質疑自己的記憶，有多少是事實，有多少細節已經過自我防衛機制竄改，當回憶被反覆背誦，你就信以為真。一起經歷一段回憶的人各自在回想時都憶起不一樣的場景和情緒，因為客觀現實太過殘忍，我們必須保護自己，必須保護彼此。

父親過世時，我還是個外宿的大學生，大學畢業後便離開臺灣，一年之中留在家的時間最多就是幾個月。仔細想想，父親離去後，我再也沒有與母親一起長時間地生活。說不定她也想過要我分擔一些痛苦，而我從未給她機會。記憶裡有幾個晚上，我們也許在廚房收拾剩菜，物理的距離也許不比心理的距離遠，我變成一個她不熟悉、也無從熟悉的人。我們的對話時常是芝麻蒜皮，說不上深刻。

「你有夢過爸爸嗎？」非常突然地，我毫無準備。

「有時候吧。」其實啊，我幾乎每幾個禮拜就夢到。
「夢到什麼？他說什麼？他看起來還好嗎？」她緊張地問。
「他在那裡過得很好，你不要操煩。」因為擔心她過分解讀，還是選擇迴避，錯過了可以大聲說出我很痛苦、我很害怕、我這輩子都過不了這關，再抱在一起大哭一場的機會。

這麼說起來，我們似乎從來沒有聊起這些事情，即使提起過往，也僅止於有趣的故事，他曾說過的話，關於療傷過程則是隻字不提。這麼多年後，已經無法對質，記憶已經深植於身體每個角落，甚至長出了繭，等公車或者睡前還會摸摸那個厚實的繭，已經毫無修改與退讓的空間了。有默契地避而不談，多少因為死亡是忌諱，更多的是因為不想再傷害彼此，知道說再多都無法改變事實，於是兩個血緣關係如此親近的人，有時候生活在同一個屋簷下，明知道彼此都痛不欲生，卻雙唇緊閉。我想像有幾個夜晚，我們在客廳吃完晚餐，有一搭沒一搭地聊幾句，回到房間、關上門後，臉埋進枕頭裡哭得喘不過氣，隔天一早再若無其事地走進浴室刷牙、洗臉，確認悲傷沒有留下痕跡，只在洗手槽裡旋轉，再一起流進下水道。

有一次，在捷運站看見一個年紀與身高都與父親相仿的男人，他也穿著爸爸常穿的白色運動褲、汗衫，還有袖口與下擺有伸縮帶那種運動外套。他拿著零錢站在售票機前，看起來不知道該怎麼買票，也不知道要去哪個月臺。我忍不住向前，我要幫他，我一定得幫他。除了協助買票，還帶他去月臺，確認他知道在哪裡換車，要在幾號出口出來，出站之後又要怎麼找到他要去的診所，只差沒有留下電話說：「有什麼問題就打給我。」

家裡的晒衣桿上有一件和那個男人身上穿的一樣的汗衫。那是爸去醫院之前換下的衣服，衣服還沒收進來，他就已經離開了。多年以來，那件汗衫一直掛在晒衣桿上，我和媽媽晒衣晾衣，晒衣又晾衣，一年四季，無數次，但像是說好了一樣，沒有人會把那件衣服收進來。只要還掛在那裡，就好像他還在這裡生活，整整十五年。

我們用這種方式療傷，移情作用，還有一件十多年來都不願意收進來的汗衫。我們只會用這種方式療傷。

他以前是個什麼樣的人？

我常常會忘記，父母在成為我的父母這個角色前，曾經是另外一個人，可能曾在沒滿十八歲的時候就偷偷買啤酒來喝，或許和朋友在深夜騎車上山去看夜景，小學時寫「我的志願」同樣洋洋灑灑，有暗戀的人，寫過情書，分手時會哭得像個笨蛋，十幾歲的時候也總是想裝成大人。像是這樣子的事情，那些我不知道的事情。

爸的遺物不多，他擁有的東西從來都不多，再扣掉「把生前的物品燒給他穿和用的」，剩下的不過就是一個紙箱大小。我把它放在床架下方的儲藏櫃，天天睡在上頭，卻不清楚箱子裡究竟有什麼。當然不是不願意翻出來看，只是還沒準備好，再加上自己也明白，一旦知道這些東西的存在，我就會有更多、更多不能失去的物品，一弄丟就會發狂，才一直不太願意給這些東西傷害我的權力。偶爾回臺灣心血來潮，或者鼓起勇氣時，就會拿出一件物品來研究，就一件，一次就一件。

有一張他二十幾歲時的照片，像貓王一樣的鬢角，成套全白西裝，意氣風發，聽說以前還會打爵士鼓，不知道他都玩什麼樣的音樂？曾是個廚師，和當時在同一間餐廳工作的一位女服務生拍了一張合照，背後還寫上日期，是約會對象嗎？小時候家裡沒辦法送他去學校，沒唸過什麼書，但他很喜歡閱讀，從我小學開始，只要一帶書回家，即使只是那種有圖片的故事書和青少年文學，他幾乎都會跟著讀過一次，摺頁痕跡都還在。怎麼會沒有一起去過書店呢？如果去的話，他會選什麼書？因為來不及認識，現在也只能猜測。

然後啊，是一個小木盒。大概是感覺得出來它的重要性，畢竟是好好地收在一個木盒裡的東西，等我準備好要打開它時，是二〇一九年，他離開的十年之後。

有幾張當兵時的合照，還有一張前妻的照片，她很漂亮，果然沒錯，爸有說過這件事。他認識我媽媽之前有另一段婚姻，生了一對雙胞胎兄弟和一個女兒，但前妻在我同父異母的姊姊出生後不久就離世了，幾年後又和我媽媽結婚，才生下了我。我不太確定自己是幾歲時才真正了解這些歷史的重量，我和哥哥、姊姊們沒有一起長大，通常只有在過年和暑假時才會在奶奶家見到面。

一次農曆年後回到幼稚園上課，我在紙上畫了一個戴著墨鏡的太陽，左右各一棵樹，老師看了之後問我中間畫的這些人是誰呀？「爸爸，媽媽，大哥，二哥，姊姊，還有我。」我說。老師有些緊張了起來，那天下午，媽媽騎著摩托車來接我，老師扭扭捏捏地對媽媽說：「那個……她今天畫畫的時候，畫了哥哥和姊姊，但是我記得她應該是沒有……」於是又解釋了一次，每一次，大家都是似懂非懂地點點頭，嗯嗯，了解。不會再多問什麼。

小學時，只要有同學生日，就會帶一個乖乖桶到學校，讓大家幫他唱生日快樂歌，壽星從第一排走到第七排，一人發兩顆軟糖。但我的生日在八月，是暑假期間，從來沒有體驗過這樣的慶生。一年夏天，我們要開車回奶奶家，那天正好是我的生日，又哭又鬧，一定要買一個乖乖桶才願意上車。終於有機會了，終於可以買乖乖桶分大家吃，說不定還會幫我唱歌呢。當時臺灣的高速公路還沒蓋好，從臺北到雲林要花上大半天，等我們到奶奶家時，大家都已經睡了。我將一把又一把的軟糖放在哥哥、姊姊的枕頭旁邊，想著他們明天看到就會跟我玩了。

我一直不理解為什麼我和哥哥、姊姊的互動與其他人和兄弟姊妹的相處方式如此不同，那時候當然不懂得，相較之下，能和爸爸、媽媽一起生活的我自然是幸運得多，雖然沒有什麼爭吵嫌隙，但成長經驗如此不同又能多靠近。這不是誰的錯，但事實擺在眼前。

結果啊，我和他們最像是家人的一刻，是坐在同一張桌子前幫爸摺蓮花的時候。即使我們對父親的印象不盡相同，但此時此刻，最可以同理彼此感受的大概就是這幾個人了。爸離開後，我們開始更頻繁地聯繫，過問對方的生活，沒事也會閒聊，一起吃飯、看電影，過馬路的時候還會幫妹妹們擋一下車，好像從小到大都是如此。我想他知道了會很開心。我想我們的爸爸知道了會很開心。

那個木盒裡，還有幾封手寫信，來信的人是爸當兵時的好朋友，文秀叔叔。這些信大約都是民國七十年左右寫的，當時爸還在第一段婚姻裡，文秀叔叔隨著當時的移民潮搬到了奧地利。在那個年代，移民的意義和現在可是完全不同的，沒有網路與手機，搬去一萬公里之外的城市，應該就不會再有聯絡了。但他們還是持續保有書信往來，問候彼此近況，看起來是相當親近的朋友，用詞遣字又十分有禮這樣的友誼。直到我讀了最後一封信，什麼?!怎麼回事？立刻坐了起來。

信中，文秀叔叔寫道：「我已經幫你找到了一份工作，你去旅行社訂好機票，老婆、孩子都帶上，我會好好照顧你們的。」信封裡還附上一份合約，一間維也納餐廳的廚師工作，日期、薪資都寫得清清楚楚，甚至連證件照都貼上去了。什麼意思?!爸曾經想過要移民去奧地利嗎？為什麼沒有聽別人說過？這麼重大的事情，又是在那個年代，怎麼會沒有聽他提過？後來怎麼沒有去呢？

把信收回木盒後隔天，實在是忍不住，問遍了身邊所有人。「你知道爸有想過要移民去維也納嗎?!合約都有了，可不是說說而已！」打給哥哥劈頭就問。但沒有人知道。沒有人知道他計畫過這件事，也沒有人知道後來發生了什麼事。翻箱倒櫃，找出小時候家裡那本手抄的電話簿，一頁一頁從頭翻到尾，再從後面翻回來，沒有，完全沒有文秀叔叔的聯絡方式。

這件事就這樣擱著幾個月。直到我回到柏林後，一個冬天的晚上，回家後把風衣外套掛在門邊，像被靜電電到一樣，匆匆跑進房間裡拿出筆電。我要去維也納，一定要去維也納，我要去找文秀叔叔，要知道那時候到底發生了什麼事情。

於是訂了五天後的機票，出發前往尋找一個連姓什麼都不知道的文秀叔叔。

繼續唱著你的歌

因為政治與經濟的因素，一九五〇年代到一九七〇年代末，有將近一百萬臺灣人移民國外，是臺灣近代最大的一波移民潮，文秀叔叔就是那時候移民到奧地利。但當時絕大多數人都是移民到美國和加拿大，歐洲在當時並不是那麼熱門的選項。訂下機票後，柏林公寓的室友忍不住說：「如果一點線索都沒有，要從哪裡開始找？」「我就不信民國七十幾年移民到維也納的臺灣人能有多少！」衝著這一點，再加上來自同鄉的移民們通常都會互相認識，彼此有個照應。於是開始在搜尋引擎上鍵入「臺灣奧地利同鄉會」或是「奧地利臺灣協會」等關鍵字，社群網路上非官方的社群當然也不會放過。

我想大家都是喜歡故事的。一聽到我在爸爸的遺物裡找到了這些書信，要出發到維也納找他當年的好友時，都十分熱心地提供幫助，除了建議可以聯絡的機構與組織之外，還有人特地打電話回去問家人和親戚朋友，當年有沒有遇到這樣一位在維也納開餐廳，名為文秀的人。

直到出發的前一天都沒有任何消息。一邊清洗蔬果一邊想著，不管，我才不管呢。怎樣都得啟程，即使沒有找到他，也要去信中附上工作合約的餐廳那個地址看看。一旦這麼想，就輕鬆了許多。正要和室友坐下一起吃午餐時，我的手機響了。

「你是不是在找李文秀？我在一次聚會中有遇過他。」一個女人一打來劈頭就這麼問。

「我其實不知道他姓什麼，只知道他大概六十幾歲，民國七十年左右搬來維也納開餐廳的。」

「這樣子啊，那我也不確定。不如這樣吧，告訴我你爸爸的名字，我來聯絡他，如果對方真的認識你爸爸，我再給請他和你聯繫。」她說。好的，那就這麼辦。

從柏林到維也納不過一個小時，下飛機，關閉飛航模式，出關，盯著手機上的地圖瞧，要怎麼去市區呢？突然跳出一個來電視窗，是透過社群網站撥打的，一張我沒見過的照片。

「喂？你是錦上的女兒嗎？我是文秀。」前往市中心的火車上，忍不住發出驚呼，對，對，我是，我就是。

文秀叔叔不知道爸已經離開了，他還以為我是幫爸找他當年的好友，好讓他們再次相聚。

「其實已經十年了。我在他留下來的東西裡看到你們的書信往來，才知道他曾經考慮過要移民到奧地利，而你還把工作合約寄來了，說會好好照顧他和家人。但是我和家人從來都沒有聽過這件事……如果可以的話，我想知道當時發生了什麼事情。」

「這樣子啊……不然，如果你有來維也納再跟我說，我們一起吃飯吧。」

「我已經到了，剛剛到的。」他聽起來很是驚訝，但立刻熱情地說：「那就明天中午吧，明天中午一起吃飯好嗎？我太太也認識你爸爸，還有他當年幾個好朋友都住在這呢，我約他們一起來。」

那天晚上怎麼也睡不著，躺著躺著就驚坐起來，筆記寫下要問他們的問題。

隔天中午，出了地鐵站，鼻子好酸，鼻子突然好酸好酸。我也想啊，我也希望是如此啊。我也希望是幫爸爸找他的舊時好友，然後帶他一起來奧地利，也許去爬爬山，湖邊走走，吃吃炸豬排，然後在今天中午假裝沒事地帶他去這間餐廳吃飯，給他一個驚喜。你看這是誰！你看我把誰也約來了！然後他們會給彼此一個擁抱，一起喝茶，聊聊以前的事情。但現實就不是如此，不管多麼想要，都不會是如此。我自己一個人步行到約定的餐廳。

「我寄給他那份合約後，就再也沒有他的消息了。之後每次回臺灣都會打聽他的消息，但是他已經不住在原本那間房子，電話也換了。」文秀叔叔一邊為大家倒茶一邊說。在座還有他的太太以及一位朋友，他們以前都在同一間餐廳工作。因為完全沒有聯繫，他們不知道爸的前妻過世又再婚的消息，向他們解釋我是爸第二任妻子的女兒。我們推敲了一下時間，那封信及合約寄出後沒多久，爸的前妻就離開了。我們猜他應該是太悲傷了，也許連好好活下去的勇氣都沒有，怎麼可能再去想這些事。我聽媽說，他當時是一個破碎的人，透過酒精來逃避，甚至兩次送醫，對身體留下了長遠的傷害。這也是為什麼，從我出生以來，爸的身體都不是很好。

原來爸和文秀叔叔是當兵時認識的，他說：「我以前在彈藥單位，你爸是伙房兵，他有時候會在我的飯裡面藏一隻雞腿。」文秀叔叔的太太曾在爸工作的餐廳當服務生，「他是一個很體貼的人啊，我有次生病，他還煮湯給我喝。」我當然知道，一旦人離開後，大家都只記得生前美好的回憶，說出口的一定是好話。但我總覺得不只是如此，不只是文秀叔叔，每一個爸的朋友在提到他的時候，說「他真的是一個很好的人」，都格外真誠。

「你說你現在住柏林啊？你知道有一間餐廳叫 Sakura 嗎？那間也是你爸的朋友開的。」另一位一同前來的朋友說。開什麼玩笑，不要鬧了，我常常經過那間餐廳啊。我又隨口問了一句：「那你當年怎麼會決定要搬來這裡，而不是其他地方呢？」他笑指著文秀叔叔說：「他約我的啊，我原本在以色列開餐廳。」什麼？以色列嗎?!即使以現在的角度來看，移民到以色列都是一個重大的決定，不要說是語言不通了，希伯來文不是使用羅馬字母，連猜都沒辦法猜的，這還是小事，當時經歷了一九七三年贖罪日戰爭和一九八二年黎巴嫩戰爭的以色列，不管是經濟還是政治都有極大的動盪。

「所以……四十年前，你在當地沒有人照應的情況下，就隻身一人搬去以色列了。」

「對啊。」他的口氣聽起來好像這也沒什麼，我忍不住笑了出來，這些人啊，和平常在臺灣公園運動的叔叔、阿姨沒什麼太大的差異，但每一個都這麼有冒險精神。既然是物以類聚，人以群分，也許爸也曾經是這樣的人，嚮往遠方，只是一直沒有機會。他留下的東西裡，還有一本沒有使用過的護照。又或許，我對旅行的執著並不全只是來自於我自己。

文秀叔叔送我到車站，即使還是不確定爸最後為什麼沒有照著計畫搬去維也納，但那好像也不是那麼重要了，已經沒有關係了，可以聽見爸以前的故事就足夠了。生命的際遇是如此，只要願意看見故事，它就在那裡。

同一個宇宙

和文秀叔叔他們吃完午餐後，我在維也納走走停停，照著當年合約上的地址前往，就在市中心著名的百水公寓轉角。找到了，就是這裡，爸當時如果有搬來的話，就會是在這裡工作。它現在是一間韓國餐廳，雖然早就已經不是原本的那間餐廳，還是得進去看看。餐廳內有一個半開放式廚房，服務生帶我入坐，正好是可以清楚地看見廚房內部的位置。根本不記得自己點了什麼，就只是一直盯著廚房和出餐檯看。我想像他認真地把蔥花切細、熱油鍋的樣子。

啊，但是！才突然意識到，在那個宇宙中，爸和媽不會相遇，我也不會存在。而爸之所以會這麼早就離開，主要也是因為他經歷了逝妻的痛楚，借酒消愁，身體健康大不如前，這麼說來，只要是我存在的宇宙，爸爸就必定會走上這條路。這一刻之前，我從來沒有意識到這件事。我花上大把時間去幻想一個根本不可能存在的宇宙，一個他既健康，而我也存在的時空，然後自怨自艾，這樣痛苦。是的，人生確實有無限的可能，但它也有一定的規則。

原來如此。原來這才是我來到這座城市的目的，去找到當初的原由、發掘過往的故事都只是額外的收穫，來到這裡是要聽見生命自有它的規律與節奏，你無權置喙，但這並不是一件壞事。

回柏林的飛機上，我又聽起艾倫・瓦茨（Allan Watts）的談話，他是我喜歡的作家與演講家（雖然他自稱是「哲學娛樂家」），其實每場演說都聽過了，但還是打開播放清單，點選隨機播放。這麼剛好的，正好是這一段。他說：「想像你有這樣的超能力，能夠精準地設計你的夢，而且這些夢感覺起來像是一個人的一生一樣。每個晚上，你可以設計一個完美無缺的人生，你一直以來汲汲營營的事物，所有成功與喜悅。在前幾個晚上，大概會很享受你創造的人生，但隨著時間推移，你開始渴望挑戰與未知，於是你會在夢中加入一些不確定性和無法預測的元素，每個晚上都多一點，於是最終，你精心設計的夢就和現在過的人生一樣。」

既然在這個時間點聽到這段話，那就得寫下來了。這才發現今天正好是兩個雙胞胎哥哥的生日。寫了幾個簡短的句子，心裡想著下飛機之後要傳給他們，祝他們生日快樂。不太確定確切的內容是什麼，大概就是和他們分享了我因為那幾封信而去維也納的事，還傳了好幾張維也納的街景，開玩笑地說：「你看，如果爸當時有去維也納，你們就會在這麼美的城市長大耶！」

因為是透過網路，我並沒有提到太多細節，總覺得這個故事必須當面好好講才行，當然就沒有說到我在爸當年打算去工作的那間餐廳所體會到的事。沒想到啊，哥哥看了照片後，說：「嗯，真的很漂亮耶。如果可以在那邊長大，應該很不錯。」他又接著說：「但我還是很慶幸，活在一個你也存在的時空。」

後記

我總覺得一個人能給的最好的禮物，就是他的時間與專注，因此，非常謝謝願意聽我說故事的你。

書寫這些文字的過程中，常常掉眼淚，常常想說算了吧，覺得把生命與死亡掛嘴邊太灑狗血了，也覺得把這些故事公諸於世實在是太赤裸裸了。即使如此，我還是寫到了這裡，試著用文字治癒自己。希望我們每個人都能看見藏在生活中各個角落的故事。在開頭的時候這樣說，現在更是深信不疑：謝謝所有說故事的人，以及聽故事的人，人們的生命經驗因此變得更有厚度與重量，我一直這樣相信著。

ACROSS 系列 082

之間：此地與他方的回聲

作者—黃于洋

文字工作者，書寫旅行文學，關注性別議題、邊緣文化以及地緣政治等。喜歡長長的漫步、深刻的對話，還有西瓜。

網路觀點平臺Wazaiii專欄作家，著有《路過：這個世界教我的事》以及譯作《留白時間：停止無效努力》等。

時報文化出版公司成立於一九七五年，並於一九九九年股票上櫃公開發行，於二〇〇八年脫離中時集團非屬旺中，以「尊重智慧與創意的文化事業」為信念。

副總編輯—邱憶伶
封面設計—FE設計葉馥儀
內頁設計—林樂娟

董事長—趙政岷
出版者—時報文化出版企業股份有限公司
一〇八〇一九臺北市和平西路三段二四〇號三樓
發行專線—（〇二）二三〇六六八四二
讀者服務專線—〇八〇〇二三一七〇五
（〇二）二三〇四七一〇三
讀者服務傳真—（〇二）二三〇四六八五八
郵撥—一九三四四七二四 時報文化出版公司
信箱—一〇八九九臺北華江橋郵局第九九信箱
時報悅讀網—http://www.readingtimes.com.tw
電子郵件信箱—newstudy@readingtimes.com.tw
法律顧問—理律法律事務所 陳長文律師、李念祖律師
印刷—家佑印刷有限公司
初版一刷—二〇二五年一月十七日
定價—新臺幣四二〇元
（若有缺頁或破損，請寄回更換）

之間：此地與他方的回聲／黃于洋著 .
-- 初版 . -- 臺北市：時報文化出版企業股份有限公司，2025.01
240 面；14.8×21 公分 . --（Across 系列；82）
ISBN 978-626-419-142-5（平裝）
1.CST：旅遊文學 2.CST：世界地理
719 113019647

ISBN 978-626-419-142-5
Printed in Taiwan